Percy Kemp
MUSK

D1926758

Unverkäufliches Leseexemplar

Gebunden. Ca. € 16,90 (D)
Erstverkaufstag 21. Februar 2002
Wir bitten Sie, Rezensionen nicht vor dem
Erstverkaufstag zu veröffentlichen.
Wir danken für Ihr Verständnis.

Percy Kemp

MUSK

Roman

Aus dem Französischen
von Veronika Cordes

Argon

Die französische Originalausgabe erschien 2000
unter dem Titel *Musc*
© 2000 Éditions Albin Michel S. A., Paris
Deutsche Ausgabe:
© 2002 Argon Verlag GmbH, Berlin
Gesetzt aus der Sabon
Satz: deutsch-türkischer fotosatz, Berlin
Druck und Bindung: Clausen & Bosse, Leck
Printed in Germany
ISBN 3-87024-554-9

I

Selbst wenn Monsieur Eme abends zuvor auf seiner Armbanduhr die genaue Zeit einstellte, schaffte die Uhr es stets dadurch, dass sie mit ihren Zeigern ein wenig zu schnell oder aber ein wenig zu langsam weiterrückte, bis zum nächsten Morgen um einiges vor- oder nachzugehen. Es war, als lehnte sie es kategorisch ab, sich dem Verdikt der vollen Stunde von herkömmlichen sechzig Minuten zu beugen. Sie war keine dieser modernen Quarzuhren, die sich nicht damit begnügen, die Zeit anzuzeigen, sondern die es darauf anlegen, die Zeit durch Ziffern zu ersetzen. Nein, allein schon ihrer Konstruktion nach entsprach die Armbanduhr von Monsieur Eme eher guter alter Tradition, das heißt, sie war mit einem richtigen Mechanismus ausgestattet, der tickte und hin- und herschwang. Eine Uhr, die durch den, der sie trug, in Bewegung gesetzt wurde und sich wie er gewisse Freiheiten hinsichtlich der verstreichenden Zeit gestattete. Eine Analoguhr eben. Sie zeigte mehr die Zeit an, als dass sie sie einem aufdrängte. Zur Quarzuhr verhielt sie sich wie der Klafter zum Meter: *mehr oder weniger* ein Meter sechzig – jenseits des Ärmelkanals sogar *mehr oder weniger* ein Meter achtzig. Aber trotz ihrer Ungenauigkeit war die Armbanduhr von Monsieur Eme dennoch ein Qualitätsobjekt. Sie besaß eine Weckvorrichtung, winzige Klöppelchen, die durch zartes Anschlagen im Inneren des Gehäuses die morgendliche Weckfunktion übernahmen. Sie war ihm vor neunzehn Jahren nach fünfundzwanzig Dienstjahren unter dem Deckmantel der UICF, dem internationalen Zusammenschluss der Eisenbahner, von seinen Kollegen vom Geheimdienst, der französischen Konterspionage, zum Zeichen der Dankbarkeit für seinen Einsatz bei der Erforschung des sowjetischen Schienennetzes und seiner strategischen Bedeutung überreicht worden. Obwohl Monsieur Eme zuweilen der Meinung war, dass die Dankbarkeit des Geheimdienstes ihm gegenüber weniger mit seinen Erfolgen bei der UICF zu tun hatte und mehr mit seinem Entschluss, vorzeitig in Pension zu gehen und seinen Platz Jüngeren zu überlassen. Wie dem auch sei, jedenfalls schaffte es diese Uhr ungeachtet ihres raffinierten Mechanismus und der kleinen goldgeschmiedeten Klöppel einfach nicht, sich der vollen Stunde anzupassen. Nicht dass Monsieur Eme besonders überrascht darüber gewesen wäre. Immerhin handelte es sich um eine Uhr, die von einer Karriere bei der Eisenbahn Zeugnis ablegte. Und bekanntlich hat man es bei Zügen weit mehr mit solchen um *sechs Uhr achtundfünfzig* und *elf Uhr eins* zu tun als mit solchen um *sieben Uhr* oder *elf Uhr.*

An diesem Morgen also war es neun Uhr eins, als sich die kleinen Klöppel in Bewegung setzten, die Uhr von Monsieur Eme zu vibrieren begann und ihr längliches Kronrad sein Handgelenk kitzelte. Monsieur Eme stand auf, öffnete die Fensterläden, schaute zum Himmel hinauf, der sich an diesem Tag der Jahreszeit entsprechend in schönem Blau präsentierte, und vollführte mit dem Arm eine meisterliche Ehrenbezeugung in Richtung des Friedhofs von Montparnasse, der sich friedlich, wie ein Hort göttlicher Ruhe inmitten des Grundstückskriegs, der um ihn herum tobte, unter seinem Fenster erstreckte. Diese Ehrenbezeugung zum Friedhof hin absolvierte Monsieur Eme andächtig jeden Morgen, seit zwölf Jahren. Das heißt seit dem Tag, an dem er auf einem nassen Bürgersteig ausgeglitten und unter den 82er geraten war und sich in Augenhöhe mit der Vorderachse des besagten Busses befunden hatte. Seine erste Ehrenbezeugung hatte Armand Eme spontan vollführt, ohne eine Sekunde lang zu überlegen. Anschließend hatte er direkt lachen müssen, peinlich berührt, dass er sich zu einem derart absurden Verhalten hatte hinreißen lassen, und beschämt über diese im Grunde frevelhafte Geste. Er hatte daraufhin selbstredend um Verzeihung gebeten, sowohl Gott wie auch seinen Vater, der auf ebendiesem Friedhof lag. Dennoch hatte er am darauf folgenden Morgen seine Geste wiederholt. Diesmal wohl bedacht, wenngleich nicht ohne ein gewisses Zögern und nicht ohne vorher zuerst nach links, dann nach rechts gespäht zu haben, um sich zu vergewissern, von niemandem beobachtet zu werden. Und diese für einen wie ihn eigentlich völlig deplatzierte Geste – selbst als junger Mann hatte Armand Eme tunlichst von dergleichen Abstand genommen – wurde bald ein ungemein wichtiger Teil seiner morgendlichen Routine. Ein Gentleman ist, wie man weiß, nur unhöflich, wenn bei dem, was er tut, eine Absicht dahinter steckt, und Armand Eme war ein Gentleman. Und was er tat, tat er absichtlich. Seit mehr als zwölf Jahren also begann Monsieur Eme seinen Tagesablauf stets mit dieser so ungerechtfertigten wie unberechtigten Ehrenbezeugung, die mit einer eines Duce würdigen Theatralik den Toten galt, die in keiner Weise imstande waren, dies entsprechend zu würdigen. Aber das war eben Monsieur Emes Art zu sagen: Ein weiterer gewonnener Tag! Denn Monsieur Eme war ein Kämpfer.

DIESE EHRENBEZEUGUNG HINÜBER zum Friedhof Montparnasse war die erste mit Leben erfüllte Geste im Tagesablauf von Monsieur Eme. Aber nicht die letzte. Vielmehr war sie der Auftakt zu einer Abfolge von so genannten schwedischen Leibesübungen, denen er sich im Anschluss daran, vor seinem weit geöffneten Fenster, unterzog, um in Form zu bleiben. Nicht dass er es dabei irgendwie übertrieben hätte. Er vollführte lediglich ein paar leichte Dehn- und Streckbewegungen, um sich die Elastizität seiner Muskeln und die Geschmeidigkeit seines Körpers zu erhalten. Und auf das Ergebnis konnte er stolz sein. Mit vollendeten neunundsechzig Jahren benutzte er ausschließlich die Treppe, um die fünf Stockwerke zu seiner Wohnung hinaufzusteigen, und noch immer konnte er bei durchgestreckten Knien mit der flachen Hand den Boden berühren, ohne dass seine Gelenke knirschten oder knackten. Regelmäßig sieben Stunden Schlaf – angesichts der Eigenwilligkeit seiner Uhr kam es dabei auf ein paar Minuten mehr oder weniger nicht an –, gemäßigte Leibesübungen und der mäßige Genuss von Alkohol und Tabak bewirkten, dass sich Monsieur Eme trotz seines Alters noch immer rundum wohl in seiner Haut fühlte. Denn wenn Monsieur Eme das Leben liebte – was seine tägliche Ehrenbezeugung zum Friedhof hinüber bewies –, schätzte er es noch mehr, gesund zu sein. Nicht dass er unbedingt danach trachtete, seinen Tod hinauszuschieben; aber es lag ihm daran, ihm intakt und unversehrt gegenüberzutreten. Sein Abgang sollte nicht in Form eines allmählichen Verfalls erfolgen und er somit schubweise auf die Todesschwelle zusteuern, die letzte Etappe dieser Entwicklung, nein, sein Ende sollte wie ein Blitz aus heiterem Himmel erfolgen, völlig unerwartet. Vielleicht nicht so unangenehm, wie das sein Sturz, seine hautnahe Bekanntschaft mit dem 82er hätte sein können, und auch nicht so, wie es der Tod seines Vaters gewesen war, und schon gar nicht ein

Ende, das mit derart viel Straßenschmutz einherging, aber dennoch etwas, was sich in Sekundenschnelle vollzog. Ein Herzinfarkt, der erste und letzte, wäre nicht das Schlechteste. Nur dass sich ein Herzinfarkt mit Todesfolge nicht auf Befehl einstellte. Selbst wenn man die Gene eines Großvaters in sich trug, der an einem Emphysem gestorben war, und selbst wenn man drei Zigaretten nach dem Frühstück rauchte, drei nach dem Mittagessen und drei weitere nach dem Abendessen. Dennoch bereitete sich Monsieur Eme Morgen für Morgen beim Ankleiden bewusst darauf vor und auch Abend für Abend, wenn er sich schlafen legte. Falls diese Herzattacke ihn auf der Straße überkommen sollte, war es völlig abwegig anzunehmen, man würde, wenn man ihm im Leichenschauhaus die Schuhe auszog, in einem seiner Socken ein Loch oder selbst eine gestopfte Stelle entdecken; und wenn er im Schlaf sterben sollte, war noch weniger damit zu rechnen, dass man ihn in einem schmutzigen oder abgewetzten Pyjama fand. Monsieur Eme war ein auf Sorgfalt bedachter Mann.

Nachdem er sich rasiert, geduscht und abgetrocknet hatte, verließ er im Morgenrock das Bad und begab sich in sein Ankleidezimmer, einen vormals von seinem Vater beanspruchten Raum, um hier das Ritual des Ankleidens zu vollziehen. Er wählte zunächst ein rotweiß gestreiftes Baumwolloberhemd mit Kentkragen und doppelten Manschetten aus sowie kurze Unterhosen aus dem gleichen Material und vom selben Hemdenmacher in der Rue de Rennes. Dann suchte er mit Bedacht eine mit petrolfarbenen Motiven bedruckte Seidenkrawatte aus und dazu im Farbton harmonierende Socken: Die Socken von Monsieur Eme waren stets auf seine Krawatte oder auf sein Hemd abgestimmt, nie jedoch auf seine Hose. Bei den Schuhen schwankte er kurz zwischen den weichen Schnürschuhen aus braunem oder aber schwarzem Kalbsleder, entschied sich dann, da weniger formell, für die braunen, um diesem schönen Frühlingstag Rechnung zu tragen. Schließlich nahm er einen dunkelgrauen Glencheckanzug mit Hosenträgern aus bordeauxrotem Filz vom Bügel. Nachdem er seine Ausbeute auf dem Diwan ausgebreitet hatte, machte er sich konzentriert ans eigentliche Ankleiden. Zunächst die Unterhosen, dann die Socken und die Schuhe, dann das Oberhemd, die Manschettenknöpfe und die Kragenstäbchen – und an diesem Morgen den einfachen Krawattenknoten, weil er am besten zum Stehkragen passte –, dann die Hose mit den Aufschlägen und schließlich das Jackett des gerade geschnittenen Anzugs. Genau das Richtige für einen Tag in der Stadt: weder zu schlicht noch zu auffallend. Achtete Monsieur Eme doch immer sehr darauf, nichts zu übertreiben. Ihn jedenfalls würde man niemals um elf Uhr vormittags in einem Zweireiher mit hellen Längsstreifen und Hosen ohne Aufschläge auf dem Boulevard du Montparnasse flanieren sehen. Und schon gar nicht mit einem seidenen Einstecktuch. Monsieur Eme war ein eleganter Mann.

Dennoch war die Toilette von Monsieur Eme weit davon entfernt, beendet zu sein. Selbst derart herausgeputzt und auch wenn er nicht vorhatte, sofort das Haus zu verlassen, bedurfte es noch einer Kleinigkeit, um sein Äußeres zu vervollständigen. Jeden Morgen, ohne Ausnahme, griff Monsieur Eme also, sobald er angezogen war und sich im Spiegel musterte, zu seinem Eau de Toilette. Es war das gleiche seit etwa vierzig Jahren, und Monsieur Eme unterließ niemals, seine Erscheinung durch diese olfaktorische Beigabe abzurunden. Dass er sein Eau de Toilette im Ankleidezimmer und nicht im Bad aufbewahrte, war übrigens kein Zufall. Trotz seiner Bezeichnung war dieses Eau de Toilette nämlich ein unerlässlicher Teil seiner Kleidung und nicht seiner Toilettenartikel. Sobald er es sich auf die Wangen geklopft und über seinen Anzug verteilt hatte, bemächtigte es sich seiner, etwa so wie sich große Hitze eines Stück rohen Fleischs bemächtigt, und es war, als ob es ihm von jetzt auf gleich eine Stimmigkeit verlieh, die ihm bislang gefehlt hatte. Es hüllte ihn ein, wirkte wie ein Überkleid, gab den Bewegungen seines Körpers Volumen und bestimmte, wenngleich nicht visuell, so doch zumindest sensuell, den Grad seiner Ausstrahlung. Was immer es sein mochte – ohne sein Parfüm wäre sich Monsieur Eme nackt vorgekommen.

An jenem Morgen betupfte er sich also mit dem Rest, der noch in dem Flakon war, und brach einen neuen an, den er vorausschauend eine Woche zuvor besorgt hatte. Das Eau de Toilette war das gleiche, Flakon und Verpackung dagegen unterschieden sich vom bislang Gewohnten. Glatt, flach, ebenmäßig, augenscheinlich eher aus Plastik denn aus Glas, trug der neue Flakon dem Zeitgeist Rechnung, und Monsieur Eme sagte sich, dass der Hersteller wohl einen dieser Marketing-Heißsporne angeheuert hatte und dieser einen neuen, jüngeren Kundenkreis anpeilte. Und er sagte sich auch, dass er die alte Form des Flakons bei weitem bevorzuge, sie sei markanter, ansprechender, liege gut in der Hand. Denn Monsieur Eme war ein Mann mit festen Gewohnheiten.

Als er jetzt versuchte, sich ein wenig von diesem Eau de Toilette in die Handfläche zu sprühen, landete unvermittelt eine ansehnliche Menge Parfüm auf seinen Armen. Der Hersteller, der ganz offensichtlich auf Verbrauch aus war, hatte doch tatsächlich den neuen Flakon mit einer weitaus großzügigeren Sprühkopföffnung ausgestattet! Was Monsieur Eme in höchstem Maße verärgerte. Nicht nur weil der Hersteller, den er nach seinem eigenen Rhythmus vierzig Jahre lang hatte leben lassen, neuerdings ganz augenscheinlich danach trachtete, den Verbrauch in die Höhe zu treiben, sondern weil er in Anbetracht der für diesen Tag vorhergesagten höheren Temperaturen davon Abstand hatte nehmen wollen, sich zu stark zu parfümieren – wo doch jeder weiß, dass bei Hitze der Duft eines Eau de Toilette um ein Vielfaches verstärkt wird. Aber da er kein Freund von Verschwendung war, beugte er sich schließlich dem Diktat des Herstellers und benetzte sich großflächig Gesicht und Kleidung, nahm sich aber vor, in Zukunft vorsichtiger zu sein.

SOBALD ER SEIN äußeres Erscheinungsbild mit diesem Schlusseffekt gekrönt hatte, warf Monsieur Eme einen Blick in den Spiegel und bewertete sich nur allzu gern mit einem *satisfecit*. Gewiss, ein unabhängiger Beobachter – eine weit zurückliegende Eroberung oder Bekannte, die man aus den Augen verloren hatte – hätte wohl gesagt, dass Monsieur Eme erheblich älter geworden war. Er selbst bemerkte nichts dergleichen. Er war nie verheiratet gewesen, hatte auch weder Kinder noch Enkel, deren Heranwachsen ihn daran erinnerte, wie die Jahre verstrichen. Gewiss, sein einstmals schönes schwarzes Haar war grauer und lichter geworden, aber der Hut, den er für gewöhnlich trug, sorgte dafür, dies so gut wie möglich zu kaschieren, sowohl vor anderen wie auch vor sich selbst. Gewiss, sein Rücken war leicht gekrümmt, aber der Schneider von Monsieur Eme verstand es wie kein anderer, über diesen kleinen Makel optisch hinwegzutäuschen, indem er gekonnt beim Schnitt des Jacketts schummelte. Gewiss, um die Mitte herum war er im Laufe der Jahre etwas breiter geworden, aber die Hosenträger gewährten ihm noch immer viel Spielraum; wie jeder weiß, fühlt man sich nämlich erst dann nicht mehr wohl in seiner Haut, wenn die Hosen im Bund zu zwicken anfangen, und die Hosen von Monsieur Eme hatten den Vorteil, nicht auf Taille geschnitten zu sein. Gewiss, sein Gesicht, obwohl noch immer ansprechend, wies Falten auf, und sein Hals war ausgemergelt, aber damit hielt sich Monsieur Eme nicht auf. Er sah nur das leuchtende Blau seiner Augen und seinen klaren Teint: die Gesundheit, immer nur die Gesundheit. Ehrlich gesagt und so penibel und akkurat Monsieur Eme ansonsten auch sein mochte, er nahm nie Einzelheiten von sich wahr. Er sah nur das Ganze, und wenn er sich im Spiegel betrachtete – wie er das häufig tat –, war das, was er vor allem sah, eine stattliche Erscheinung und die durchaus anmutige und zwanglose Art seiner Haltung und Bewegungen. Gewiss waren seine Beine nicht mehr so wie mit zwanzig und sein Gang zuweilen verunsichert. Seine alte Verletzung, die er sich in Indochina zugezogen hatte, brachte sich jetzt immer häufiger in Erinnerung. Und dennoch deutete Monsieur Eme dies keineswegs als Hinweis auf sein fortgeschrittenes Alter. Er sah es weder als Arthritis an noch als Arthrose oder Rheumatismus.

Und selbst wenn er seine Beinbeschwerden als Alterserscheinung gewertet hätte, war da sein nicht wegzudenkender Regenschirm, auf den er sich stützen konnte und der ihm half, sein Gebrechen zu überspielen.

Schon vor vielen Jahren, seit der Zeit, da er in einem regenreichen Februar der UICF beigetreten war, um dort klammheimlich seine Kunstfertigkeit als Spion auszuüben, hatte es sich Monsieur Eme zur Gewohnheit gemacht, nicht ohne seinen Schirm aufzutreten, einem aus Holz gefertigten, makellos über sein langes Gestänge zusammengerollten Exemplar, das Monsieur Eme übrigens niemals aufspannte, schätzte er doch in erster Linie dessen leicht geschwungene, mit einem Futteral überzogene Form. Um diese Exzentrik zu rechtfertigen, hatte Monsieur Eme seinerzeit erklärt, bei Sprühregen sei ein Schirm ebenso unnütz wie bei einem Platzregen ungeeignet. Dafür, hatte er vorgebracht, könne man sich seiner bedienen, um ein fahrendes Taxi herbeizuwinken. Nach und nach war dieser Schirm zum Markenzeichen von Monsieur Eme geworden: An ihm erkannten seine Kollegen im Büro, dass er zugegen war. So weit, so gut, und als dann der Sommer angebrochen war, hatte er an dieser Gewohnheit festgehalten, sich nicht entmutigen lassen, und heute diente ihm diese Koketterie dazu, den Eindruck zu unterstreichen, den er von sich selbst hatte. Denn auch wenn dieser Schirm in Wahrheit im Laufe der Jahre zu einem Krückstock geworden war, sah Monsieur Eme in ihm heute genauso wenig eine Krücke wie früher einen Regenschirm. Ganz unbewusst und ohne etwas an dem Bild von sich zu verändern, hatte er in Wahrheit diesen Gegenstand rephagozytiert, ihn seiner ursprünglichen Funktion ein weiteres Mal zweckentfremdet. Der äußere Schein blieb gewahrt, und auf nichts anderes kam es Monsieur Eme an. Zugegeben, er war ein wenig eitel.

2

Dergestalt gekleidet und mit seinem Schirm bewaffnet sowie den grauen Filzhut mit der schmalen Krempe auf dem Kopf, verabschiedete sich Monsieur Eme von Madame Cécile, seiner Haushälterin, und verließ die Wohnung. Auf dem Boulevard Edgar Quinet wandte er sich nach links, schlenderte durch die Grünanlage und weiter über die Rue Delambre bis zum Boulevard du Montparnasse, wo er, ohne dem Dôme und der Coupole Beachtung zu schenken, obwohl beide bequemer zu erreichen waren, stehen blieb und wartete, bis die Autos an der dreifarbigen Ampel hielten, um dann die Straße zu überqueren und die Tür zur Rotunde aufzustoßen. Im Restaurant wurde er allenthalben mit Guten-Tag-Monsieur-Eme begrüßt, ein Zeichen, dass er hier Stammgast war.

Sein Tisch war nicht besetzt, was ihn doppelt freute: zum einen weil kein anderer Gast ihn beansprucht hatte, was einem Gewohnheitsmenschen wie ihm entgegenkam; zum anderen weil Eve noch nicht da war, was den Kavalier, der er war, beruhigte.

Eve erschien ein paar Minuten später, als man

Monsieur Eme gerade seinen doppelten Milchkaffee und die gebutterten Baguettescheiben servierte, und sofort erhob er sich, um sie zu begrüßen. Eve war seine Geliebte, seit zwölf Jahren schon, aber um nichts auf der Welt hätte er sich herausgenommen, es angesichts einer solchen Vertraulichkeit an den elementarsten Anstandsregeln fehlen zu lassen.

»Guten Tag, Eve«, sagte er und küsste sie auf die Wange. »Du siehst bezaubernd aus.«

»Danke, Armand«, erwiderte sie. »Und du, du riechst gut. Anders, aber gut.«

Dieses in scherzhaftem Ton geäußerte Kompliment brachte Monsieur Eme derart aus der Fassung, dass er vergaß, den Tisch abzurücken, damit Eve müheloser Platz nehmen konnte.

Eve nahm dies jedoch keineswegs übel und wand sich geschickt zwischen Tisch und Sitzbank, während er neben ihr stehen blieb, weniger aus Höflichkeit, sondern weil er noch immer wie vor den Kopf geschlagen war. Der herbeieilende Ober riss ihn schließlich aus seiner Betäubung; er setzte sich wieder und bestellte noch einmal das Gleiche für Eve.

»Ich rieche … anders?«, fragte er, als sie wieder unter sich waren.

Statt einer Antwort beugte sich Eve über den Tisch und beschnupperte ihn zärtlich.

»Ja«, sagte sie tief einatmend. »Genau so, wie's mir vorkam. Der gleiche Duft und dennoch anders.«

Dieses höchst weibliche Urteil stellte Monsieur Eme

keineswegs zufrieden. Unwillkürlich schnupperte er jetzt seinerseits an sich herum. Was er roch, beschwichtigte ihn ausreichend, um zu bekräftigen: »Ich benutze nach wie vor das gleiche Eau de Toilette.« Dann beschnupperte er sich nochmals. Eingehender diesmal.

»Seit mehr als vierzig Jahren benutze ich dieses Parfüm«, sagte er dann nicht ohne Stolz.

»Dann muss sich der Duft deiner Haut verändert haben, Chéri«, meinte Eve und hätte eigentlich gern das Thema gewechselt.

Diese zuletzt geäußerte Hypothese schien Monsieur Eme noch mehr zu verwirren als die erste.

»Vielleicht habe ich zu viel genommen«, sagte er und verfluchte innerlich den Hersteller und dessen neuen Sprühkopf.

»Schon möglich, aber das allein ist es nicht«, kam es von Eve.

Monsieur Eme war verstört. Und er wühlte in seinem Gedächtnis nach einer plausiblen Erklärung für dieses Rätsel. Aber sosehr er sich auch anstrengte, er fand nichts. Er benutzte von jeher das gleiche Eau de Toilette, die gleiche Seife, den gleichen Tabak, hatte sogar unveränderliche Essgewohnheiten. Und jetzt behauptete Eve, die er keine zwei Tage zuvor das letzte Mal gesehen hatte, dass sein Duft ein anderer sei. Monsieur Eme verstand die Welt nicht mehr.

»Ich habe mir gerade neues besorgt«, sagte er endlich. »Und es ist nach wie vor das gleiche … Lediglich die Verpackung und die Form des Flakons hat man verändert.«

»Dann liegt es am Flakon.«

»Wieso am Flakon?«

»Na ja, weil's nun mal so ist, dass die olfaktorische Form eines Parfüms von der Form seiner Verpackung beeinflusst wird. Ich als Lehrerin für Kunstgeschichte muss es schließlich wissen. Auf die Form kommt es an.«

»Wie kann sich denn ein lächerlicher Flakon verändernd auf eine derart komplizierte Rezeptur wie die eines Parfüms auswirken?«

Monsieur Eme weigerte sich rundweg, etwas Derartiges zu glauben.

»Die plastische Form des Flakons beeinflusst die olfaktorische Form eines Parfüms und ist mitbestimmend dafür, wie es sich entfaltet«, sagte Eve. »Genauso wie andere Parameter wie die Außentemperatur, der atmosphärische Druck und natürlich die Person, die es benutzt. Und da sich im vorliegenden Fall keiner dieser Parameter verändert hat, bleibt letzten Endes nur noch der Flakon übrig.«

»Ich sehe ja durchaus ein«, sagte Monsieur Eme zusehends verstört, »dass zwei Personen, die das gleiche Eau de Toilette benutzen, unterschiedlich riechen. Aber es fällt mir schwer zu glauben, dass wenn ein und dieselbe Person stets das gleiche Eau de Toilette verwendet, sie unterschiedlich duftet, je nachdem, ob sie sich aus diesem oder jenem Flakon bedient hat.«

»So ist es aber. Ein Wein der gleichen Abfüllung schmeckt nicht haargenau gleich, wenn er aus diesem oder jenem Glas getrunken wird. Und ein und dasselbe Musikstück, von ein und demselben Pianisten zum Vortrag gebracht, klingt ganz verschieden, je nachdem, ob es auf diesem oder jenem Klavier gespielt wird.«

Aber Monsieur Eme hörte gar nicht mehr zu. In Gedanken war er bereits in seinem Ankleidezimmer. Und auf der Kommode sah er ganz deutlich und fast schwerelos den Flakon aus ultraleichtem Glas stehen, den er, ein wenig gedankenlos, heute Morgen in Benutzung genommen hatte. Und im Abfallkorb neben der Kommode konnte er ebenso deutlich den schönen leeren Flakon aus dickem Milchglas sehen, den er ebenso gedankenlos entthront hatte. Er warf einen Blick auf seine Armbanduhr. Fast elf. Und er sah Madame Cécile den Abfallkorb ausleeren und den Flakon – *seinen* Flakon – in den Mülleimer werfen. Und er sah dieselbe Madame Cécile den Mülleimer hinuntertragen. Und er sah sich, wie er im Begriff war, den Müll des gesamten Hauses zu durchwühlen. Er sah sich sogar schon der städtischen Müllabfuhr auf ihrem Weg den Boulevard Edgar-Quinet entlang hinterherrennen. Und mit einem Mal hielt er es nicht länger aus. Linkisch entschuldigte er sich bei Eve, die er immerhin aus Auteuil herbestellt hatte, erhob sich urplötzlich und hastete fast im Laufschritt nach Hause, ohne Rücksicht auf die *gravitas*, die ihn normalerweise kennzeichnete. Wo doch jeder weiß, dass ein Mann, der etwas auf sich hält, niemals den Eindruck erweckt, in Eile zu sein.

3

Um das recht sonderbare Verhalten von Monsieur Eme an jenem Tag zu erklären und zu versuchen, Verständnis für die Beweggründe aufzubringen, die dazu geführt hatten, dass ein normalerweise ausgesucht höflicher Mann eine Dame in einem Lokal von jetzt auf gleich sich selbst überließ und dass ein normalerweise ungemein besonnener Mann einen Boulevard überquerte, indem er sich ohne Rücksicht auf Verluste an den Autos vorbeischlängelte, muss man darüber sprechen, welch hohen Stellenwert Monsieur Eme von jeher seinem Duft beimaß. Denn wer Parfüm sagt, meint natürlich Duft. Über all dies sollte man sprechen und auch über den verzweifelten Brief vor gut und gern fünfzig Jahren, den die kleine Marielle Lafont als eilige Rohrpost dem jungen Armand Eme schickte, der ihr kurz zuvor den Laufpass gegeben hatte. Einen Brief, in dem sie, auf von Leidenschaft durchdrungenen Seiten, vom Duft seiner Haut schwärmte, den sie niemals – ihr Leben lang nicht – vergessen würde, auch dann nicht, wenn im Laufe der Zeit sein Bild endgültig aus ihren gemarterten Gedanken getilgt wäre.

Genau ab jenem Zeitpunkt wurde sich Armand Eme mehr und mehr der Tatsache bewusst, dass sein Duft in gleichem Maße wie sein Körperbau und seine stattliche Erscheinung eine nicht zu unterschätzende Trumpfkarte bei seiner Strategie der Eroberung von Frauenherzen darstellte. Und diese Ich-liebe-deinen-Duft, die ihm die unzähligen weiteren Marielles, die er in der Folgezeit kennen lernte, wiederholten, bekräftigten ihn in dieser Überzeugung und brachten ihn zu dem Entschluss, sich in olfaktorischer Beziehung die Pflege angedeihen zu lassen, die er bislang seiner rein optischen Erscheinung vorbehalten hatte.

Lange suchte er nach einem Parfüm, das diese Trumpfkarte, den Duft seiner Haut nämlich, zusätzlich aufwertete. Gewiss, er hätte auf jegliches Parfüm verzichten und sich mit seinem natürlichen Duft begnügen können, zumal dieser vollauf die Ansprüche zu befriedigen schien. Aber das hätte der Zielsetzung des jungen Armand Eme nicht entsprochen. Denn Armand Eme war kein untätiger Verführer. Er war zwar in Sachen Verführung kein Aristokrat, einer dieser Schönlinge, die sich schlicht und einfach damit begnügen, als solche zu existieren und darauf zu warten, dass die Frauen zu ihnen kommen. Nein, Armand Eme war in puncto Verführung ein veritabler Held der Arbeit, ständig bestrebt, durch Eigeninitiative seine Erfolgsbilanz zu steigern. Und ein Parfüm, das er sich ausgesucht und für das er bezahlt hatte, war für ihn der schlagende Beweis, dass sein Erfolg beim schwachen Geschlecht auf einer ausgeklügelten Eroberungsstrategie beruhte und nicht das Ergebnis irgendeiner Laune der Natur war, die ihn mit der Nase von welch griechischem Gott auch immer und mit Augen wie denen irgendeines Giganten der Leinwand ausgestattet hatte.

Noch einen weiteren Grund gab es, weshalb Armand Eme ein Parfüm für sich suchte. Bislang hatte er auf seine äußere Erscheinung gebaut, um seiner Beute habhaft zu werden, auf seine Überredungskunst, um sie zu umgarnen, schließlich auf seinen Körpergeruch, um sie zu gewinnen. Jetzt aber bot sich ihm mit der Vorstellung von einem Parfüm als sozusagen verlängerter Arm seines körpereigenen Geruchs Gelegenheit, sein Image durch eine olfaktorische Aura zu perfektionieren. Künftig brauchte eine Frau ihr Gesicht nicht mehr an seinen Hals zu schmiegen oder lüstern seine Achselhöhlen zu beschnuppern, um ihm zu verfallen. Künftig würde es genügen, dass sie sich in Reichweite seines duftenden Dunstkreises befand, um sich zu ergeben. Dieses Parfüm würde für ihn die Verlängerung seines körpereigenen Geruchs in der Öffentlichkeit sein, außerhalb der verschiedenen Schichten von Baumwolle und Wolle, die Schicklichkeit und Eleganz ihm zu tragen auferlegten. Also machte er sich auf die Suche nach seinem Parfüm.

Nachdem er einige Jahre lang mit verschiedenen Pflanzen, Hölzern und Wurzeln geliebäugelt und abwechselnd die Vorzüge von Lavendel und Vetiver erprobt hatte, entdeckte er schließlich ein Eau de Toilette auf der Basis von Moschus, das ihm am besten zum Geruch seiner Haut zu passen schien, sich vorteilhaft mit ihm verband, ohne zu versuchen, ihn zu verdrängen. Und das ihm tatsächlich das vorgaukelte, was er sich eingeredet hatte, nämlich ohne dieses Eau de Toilette nackt zu sein, auch wenn er völlig angekleidet war. Es ergänzte auf ungemein glückliche Weise seine äußere Erscheinung, seine charmante Art und seinen ureigenen Körpergeruch zu einem kinetisch sichtbaren und olfaktorisch wahrnehmbaren Ganzen und ließ in einzigartiger Weise das Triptychon Anziehung – Verführung – Unterwerfung zu innigster Einheit verschmelzen. Darüber hinaus besaß besagtes Eau de Toilette den Vorteil, relativ selten zu sein, da es ausnehmend teuer war und von einer kleinen Firma in Grasse hergestellt wurde, die es im Raum Paris nur über ein einziges Geschäft vertrieb, was der Vorstellung, die Armand Eme von seiner Individualität hatte, entgegenkam. Und von da an hielt er daran fest. Er, der sich seinen Geliebten gegenüber wahrlich treulos verhielt, bewies beispiellose Treue für dieses Eau de Toilette, das durch seinen Duft sein Auftreten in der Öffentlichkeit unterstrich und das Terrain seiner Ausstrahlungskraft bestimmte.

Diese Ausführungen mögen dazu beitragen, die Besorgnis, die Monsieur Eme bei der alles in allem wohlwollenden Bemerkung von Eve überkam, besser zu verstehen. Wenn die äußere Form eines Flakons tatsächlich die olfaktorische Charakteristik eines Parfüms verändern konnte, stand Monsieur Eme nicht dann das verbriefte Recht zu anzunehmen, dass die derart modifizierte olfaktorische Form des Parfüms sich auch verändernd auf den auswirken konnte, der es benutzte?

Zu Hause angelangt, begab er sich schnurstracks, ohne sich erst damit aufzuhalten, Hut und Mantel abzulegen, in sein Ankleidezimmer. Und dort stieß er einen kleinen Seufzer der Erleichterung aus. Der Ordnungseifer seiner Haushälterin hatte noch nicht um sich gegriffen. Der leere Flakon lag noch immer in dem Abfallkorb, in den er ihn geworfen hatte. Monsieur Eme, der hörte, dass Madame Cécile im angrenzenden Bad zugange war, hätte ihn am liebsten sofort an sich gerissen, wie man das mit einem lieb gewonnenen alten Kaschmirpullover tut, den man versehentlich zu einem für die Brüder von Emmaus bestimmten Bündel alter Kleidungsstücke gepackt hatte, oder aber wie einen ungeliebten Hund, den man schon im Begriff war zu verstoßen, ehe einen doch noch bittere Reue überkam. Dennoch tat er nichts dergleichen. Er schloss vielmehr die Tür seines Ankleidezimmers, versuchte automatisch, in dem nicht vorhandenen Schloss einen Schlüssel herumzudrehen, den es ebenso wenig gab. Weil er auf keinen Fall gestört werden wollte und weil das, was er vorhatte, in seinen Augen eine so private

Angelegenheit war, dass er unbedingt für sich bleiben wollte.

Nachdem er also mangels Schloss und Schlüssel die Tür des Ankleidezimmers zumindest gut zugedrückt hatte, stellte er endlich seinen Schirm in eine Ecke, nahm den Hut ab und angelte sich aus dem Abfallkorb den offenen Flakon sowie die dunkelblaue Verschlusskappe, die daneben lag. Monsieur Eme hatte sich nämlich an diesem Morgen nicht damit begnügt, den Flakon einfach wegzuwerfen. Er hatte ihn zudem enthauptet.

Nun, da er den Flakon in Händen hielt, stellte er fest, dass sich noch ein winziger Rest Parfüm darin befand; wirklich und wahrhaftig eine minimale Menge Flüssigkeit, die einen Hinweis darauf gab, dass besagter Flakon noch nicht ganz tot war, dass er noch atmete. Und Monsieur Eme sagte sich, dass er ihn in gedankenloser Verschwendung heute Morgen schlichtweg lebendig begraben hatte. Nachdem er den alten Flakon auf die Kommode gestellt und den Verschluss daneben gelegt hatte, griff er nach dem neuen, entfernte dessen Aluminiumkappe und riss dann mit den Zähnen den Sprühkopf aus Plastik ab, der die jeweilige Dosiereinheit bemaß, und legte ihn achtlos beiseite. Dann nahm er behutsam den alten Flakon in die Hand und zog ebenso behutsam dessen Sprühkopf ab, wobei er bemüht war, ihn nicht zu beschädigen, schon weil er sich seiner noch lange zu bedienen gedachte. Daraufhin ging er daran, die duftende Flüssigkeit des neuen Flakons vorsichtig in den alten umzufüllen. Da der Hals des neuen breiter war als der des alten, weshalb sich dieses Unternehmen alles andere als einfach erwies, nahm sich Monsieur Eme vor, sich unbedingt einen dieser kleinen metallenen Trichter zuzulegen, wie er sie in seiner Parfümerie am Boulevard Saint-Germain gesehen hatte.

Er benötigte in der Tat viel Fingerspitzengefühl, um das, was danebenging, in Grenzen zu halten. Ohne Zuhilfenahme eines Trichters war nicht zu erreichen, dass der gesamte Inhalt des neuen Flakons seinen Weg in den alten fand: Die Außenseite des Flakons sowie Monsieur Emes Hände bekamen ebenfalls ein ansehnliches Quantum ab. Aber was soll's, sagte sich Monsieur Eme, dem es um Wesentlicheres ging: Wenn Eve Recht hatte – und bestimmt hatte sie Recht –, würde er das, was er an Menge einbüßte, durch Qualität wettmachen.

Als die langwierige Operation des Umgießens endlich beendet war, führte Monsieur Eme den Sprühkopf wieder in den Flaschenhals ein, setzte den Verschluss drauf und schob den Flakon vorsichtig in die für ihn bestimmte kleine Nische auf der Kommode, wo er vor jedweder unbedachten Geste sicher war; denn ab sofort maß er, was selten genug vorkam, dem Flakon als solchem mehr Bedeutung bei als seinem Inhalt, der ja immer wieder ergänzt werden konnte.

Jetzt musterte er den Flakon in der Nische. Und unvermittelt drängte sich einem der Eindruck auf, Monsieur Eme wäre ein Priester und die Kommode keine Kommode, sondern ein Altar, und diese Nische weniger eine Nische denn ein Tabernakel. Die Umwandlung der Substanz vollzog sich. Er brauchte nur noch der Zeit Zeit zu lassen, ihr Werk zu vollenden und die plastische Form des Flakons auf die olfaktorische des Parfüms wirken zu lassen.

Nach einem Augenblick der inneren Sammlung verließ er das Ankleidezimmer, ohne die Tür hinter sich zu schließen. Madame Cécile hatte jetzt freie Bahn, hier sauber zu machen und aufzuräumen und ihn von dem Usurpator zu befreien, der im Abfallkorb gelandet war.

4

Infolgedessen war es ein durchaus gut gelaunter Monsieur Eme, der ein paar Tage später mit Eve zusammentraf, und ein wie sonst auch vor Selbstbewusstsein strotzender Liebhaber, der an diesem Nachmittag seine Angebetete im Halbdunkel eines Hotelzimmers beschlief. Wie die meisten von Monsieur Emes Mätressen war Eve verheiratet, und Monsieur Eme empfing seine Mätressen niemals bei sich zu Hause, sondern zog es vor – sowohl mit Rücksicht auf das Andenken an seinen Vater als auch wegen des Kitzels, den Geheimniskrämerei und Schuldbewusstsein auslösten –, sich mit ihr in einem kleinen verschwiegenen Hotel in der Rue de la Pompe zu treffen, das dafür bekannt war, Liebespaaren im reiferen Alter Zuflucht zu gewähren. Das Hotel, das Zimmer und der Kunde blieben in der Regel dieselben, nur die jeweiligen Partnerinnen wechselten (in den letzten Jahren allerdings weniger häufig).

»Nun?«, fragte er und verletzte damit zum ersten Mal die sakrosankte Regel, an die er sich bislang gehalten hatte, nach dem Liebesakt niemals als Erster zu reden.

»Nun was, Chéri?«

»Was hältst du davon?«, begehrte er zu wissen und bestätigte mit diesem Gieren nach Konversation, dass eine ungewohnte Erregung Besitz vom ihm ergriffen hatte.

»Was soll ich wovon halten, Armand?«, fragte Eve verständnislos.

»Na ja … von meinem Eau de Toilette natürlich.«

»Von-dei-nem-Eau-de-Toi-lette!«, skandierte Eve, offenbar erleichtert, den Sinn der Frage falsch verstanden zu haben.

Umso bereitwilliger ging sie auf das Spiel ein, schmiegte sich bereitwillig an ihren Geliebten, der sich, einmal ist keinmal, nicht wie sonst nach dem Beischlaf von ihr abwandte, beschnupperte seine Brust, sein Gesicht und den Hals, schürzte die Lippen wie jemand, der das Für und Wider abwägt, und weil sie gewissenhaft war, stand sie sogar auf und beschnupperte auch noch das von Monsieur Eme über die Lehne eines Stuhls gebreitete Oberhemd und sein Jackett.

Wohlwollend betrachtete Monsieur Eme ihre anmutig geneigte Silhouette und vergaß darüber einen Augenblick lang sein Parfüm. Und ein Gefühl überkam ihn, das nichts mit einem abermaligen Verlangen nach ihr zu tun hatte – dafür war es noch ein wenig zu früh –, sondern mit Stolz: Er war stolz darauf, eine junge und schöne Frau betört und erobert und sie einem Mann ausgespannt zu haben, der gut und gern fünfzehn Jahre jünger sein mochte als er selbst. Wer Monsieur Eme nicht näher kannte, hätte – wahrscheinlich mit Fug und Recht – behauptet, dass sein Verhalten dem eines Machos entsprach und zugleich unreif und deplatziert war. Wer ihn dagegen besser kannte, wäre wohl eher zu der Annahme gelangt, dass Monsieur Eme, wenn er Eve und alle anderen Eves umgarnte, die Mutter in ihnen sah, die er kaum gekannt hatte, und dass er, wenn er sie anschließend und ohne die leisesten Gewissensbisse wegschickte, seinen Vater rächen wollte.

Eve, die nicht wissen konnte, welche Gedanken ihrem Liebhaber durch den Kopf gingen, führte gut gelaunt die sonderbare Aufgabe zu Ende, mit der er sie betraut hatte, und verkündete fröhlich das Ergebnis, zu dem sie gelangt war.

»Genau das, was ich dachte. Ich erkenne dich zwar noch immer an deinem Körper, aber nicht mehr unbedingt an deinem Gesicht und deiner Kleidung … Dein Körper riecht wie sonst auch – ein Geruch, der wellenartig aufsteigt und wieder abflacht –, aber auf deinem Gesicht und an deiner Kleidung – und selbst an deinem Hals – ist dieser Geruch – wie soll ich sagen – gleich bleibender, eigenständiger. Ja, eigenständig … das drückt es am besten aus. Ein Geruch, der sich nicht richtig mit deinem Körpergeruch verbindet. Er ist … dominierend.«

Über das Gesicht von Monsieur Eme fiel ein Schatten. Die Substanzumwandlung war demnach nicht gelungen. Das mühsame Umgießen hatte schlussendlich nichts gebracht. Also lag es nicht allein am Flakon. Es musste noch etwas anderes sein. Etwas Gravierenderes. Etwas, das nicht so leicht aufzudecken war. Etwas, dem er dennoch auf die Spur kommen musste, wenn er Mittel und Wege finden wollte, dagegen anzugehen.

5

Das Erste, was er an diesem Abend nach Rückkehr in seine Wohnung tat, war, sich an den Schreibtisch zu setzen, um einen Brief zu verfassen. Einen Brief an den Hersteller, dessen Adresse – allerdings ohne Postleitzahl – er auf dem alten Flakon fand. Dieser Brief, höflich, aber bestimmt und von dem er sich selbstredend eine Durchschrift für seine Akten anfertigte, lautete wie folgt:

Messieurs,
ich schreibe Ihnen hinsichtlich *Musk*, jenem von Ihrem Hause vor langer Zeit kreierten Eau de Toilette, das ich bislang und ausschließlich seit vierzig Jahren benutzte *(Monsieur Eme hatte mit Bedacht den Imperfekt gewählt, der allein als solcher eine unterschwellige Drohung anklingen ließ)*.
Ich darf mich somit als alter und treuer Kunde Ihres Hauses bezeichnen, und als ein solcher schreibe ich Ihnen heute mit der Bitte, mich über dieses neue Eau de Toilette zu informieren, das Sie nunmehr auf den Markt gebracht

haben. Es nennt sich zwar noch immer *Musk*, scheint mir aber nur sehr weit entfernte Ähnlichkeit mit dem Original zu haben.
Zunächst hatte ich angenommen, der Unterschied der beiden Parfüms hinge mit der neuen Aufmachung zusammen, insbesondere mit dem neuen Flakon, gegen den ich so einiges vorzubringen hätte, womit ich mich aber im Augenblick nicht aufhalten möchte. Jedenfalls habe ich das Eau de Toilette aus dem neuen Flakon in den alten umgefüllt, in der Hoffnung, das Parfüm würde dadurch seine ursprüngliche olfaktorische Charakteristik wiedererlangen. Da diese Vorgehensweise jedoch nicht das gewünschte Ergebnis gezeitigt hat, steht bedauerlicherweise zu vermuten, dass der Grund für die Veränderung in der Rezeptur von *Musk* zu suchen ist.
Ich wäre Ihnen verbunden, wenn Sie meine Vermutungen postwendend an obige Adresse bestätigen beziehungsweise entkräften würden, und in dem für mich höchst ärgerlichen Fall, dass Sie meine Vermutungen bestätigen müssen, wäre ich Ihnen dankbar, wenn Sie mir entgegenkommenderweise die Gründe nennen könnten, die Sie bewogen haben, derlei Veränderungen vorzunehmen, die ich rundweg als abträglich für ein einzigartiges Parfüm bezeichnen würde, das zweifelsohne den Ansprüchen

all jener, die es wie ich viele Jahre hindurch verwendet haben, in vollem Umfang entsprach.
In Erwartung Ihrer geschätzten Antwort verbleibe ich mit vorzüglicher Hochachtung

Armand Eme

MONSIEUR EME MUSSTE sich geschlagene zwei Wochen gedulden. Und als die Antwort schließlich eintraf, erkannte er sie nicht sogleich als solche. Womit er gerechnet hatte, war ein Schreiben aus Grasse; was er dagegen erhielt, war ein überdimensionaler, in Paris aufgegebener Umschlag, auf dem das Logo einer großen Kosmetikgruppe prangte. Ohne recht zu ahnen, worum es sich handelte, riss er ihn auf und entnahm ihm folgendes Schreiben:

Verehrter Monsieur,
wir danken Ihnen für Ihren Brief vom 13. d. M., den Sie an unser Haus in Grasse gerichtet haben.
Wie Sie der Presse entnehmen konnten, hat unser Konzern, der auf dem Sektor Kosmetik und Parfüms unter den drei Marktführern weltweit rangiert, im vergangenen Jahr die Parfümerie in Grasse und somit die Herstellung von *Musk* übernommen, mit dem Ziel, die Qualität der Produkte beizubehalten, die für besagtes Haus seit seiner Gründung im Jahre 1905 charakte-

ristisch ist, und darüber hinaus die Tradition der Herstellung von Parfüm, wie sie seit 1730 beim Fachverband der Parfumhersteller in Grasse verankert ist, zu bewahren.
Wie Sie, verehrter Monsieur, wissen, wurde *Musk* im Jahre 1915 kreiert und zeitigte schon rasch derartige Erfolge, dass dies zahlreiche Parfüms auf der Basis von Moschus nach sich zog, die mehr oder weniger ähnlich waren, dem Original aber niemals das Wasser reichen konnten. *Musk* wurde bis dahin unter Verwendung eines tierischen Duftstoffes hergestellt, des Moschus (worauf auch der Name des Produkts zurückzuführen ist), das man mittels alkoholischer Mazeration, von Fachleuten Infusion genannt, aufbereitet.
Moschus ist, wie Ihnen, verehrter Monsieur, ebenfalls bekannt sein dürfte, ein Sekret, das während der Brunftzeit von den Drüsen im Hodensack des Bisons abgesondert wird. Als tierisches Produkt weist Moschus alle Vor- wiewohl Nachteile von natürlichen Produkten auf. Und leider muss gesagt werden, dass für unser heutiges Verständnis diese Nachteile bei weitem die Vorteile überwiegen, wie dies ja auch (und ohne einen Vergleich ziehen zu wollen) die europäische Debatte über pasteurisierten Käse zeigt.
Als sich unser Konzern mit der Absicht trug,

das Haus, das *Musk* herstellt, zu übernehmen, wurden wir alsbald mit zwei Problemen konfrontiert: zum einen mit der Produktion, zum anderen mit der gesellschaftspolitischen Gewichtung. Beides erforderte entschlossenes Handeln.

Hinsichtlich der Herstellung galt es zu berücksichtigen, dass die nicht sichergestellte Belieferung mit natürlichem Moschus und der damit verbundene enorme finanzielle Aufwand einer Produktion in vertretbarer Menge bei einem sich im Rahmen haltenden Verkaufspreis der Herstellung von diesem Eau de Toilette im Wege standen, das, wie Sie zustimmen werden, größere Verbreitung verdiente *(nein, Monsieur Eme stimmte dem ganz und gar nicht zu, hatte er sich ursprünglich doch wegen seiner Seltenheit für* Musk *entschieden)*. Dementsprechend dürfte Ihnen, verehrter Monsieur, nicht entgangen sein, dass das neue *Musk* um die Hälfte billiger ist als das alte *(Irrtum, Monsieur Eme hatte nichts dergleichen bemerkt, da er überall dort, wo er Stammkunde war, ein Konto unterhielt)*. Abgesehen davon und weiterhin im Hinblick auf die Herstellung waren sich unsere Chemiker wie auch die Parfümmeister unseres Hauses in Grasse darin einig, dass die Risiken der bei der Fabrikation dieses natürlichen Produkts verwendeten Artefakte das Endergeb-

nis beeinträchtigten und dazu führten, dass *Musk* nicht immer gleich bleibend war. Ihnen als treuem Anhänger von *Musk*, verehrter Monsieur, sind diese Abweichungen, denen das Parfüm unterlag und die auf den allen natürlichen Produkten anhaftenden Unreinheiten zurückzuführen sind, bestimmt nicht entgangen. Es erübrigt sich zu betonen, dass ein Konzern wie der unsere, der ungemein strengen Herstellungskriterien verpflichtet ist, sich daraufhin zur Aufgabe machte, diese Risiken und Unreinheiten auszumerzen, um die volle Zufriedenheit all seiner Kunden zu gewährleisten.
Ferner musste unser Konzern in gesellschaftspolitischer Hinsicht der inzwischen vorherrschenden Mentalität in Bezug auf die industrielle Verarbeitung von tierischen Produkten zu kosmetischen Zwecken Rechnung tragen. Dies umso mehr, da der Kreis der unter den Schutz des Gesetzes gestellten Tierarten täglich größer wird und der männliche Bison in der Gefangenschaft kein Moschussekret mehr absondert. Mit anderen Worten: Wir gelangten zu der Überzeugung, dass die Verwendung der Substanz, die während der Brunftzeit von den Keimdrüsen eines so edlen Tieres wie des Bisons ausgeschieden wird, nicht mit dem Image vereinbar war, dem zu entsprechen unser Konzern bestrebt ist.

In diesem Bewusstsein und in Anbetracht dessen, dass entsprechendes Handeln angesagt war, haben unsere Chemiker in Zusammenarbeit mit dem Parfümmeister unseres Hauses in Grasse alles darangesetzt, um ein synthetisches Produkt zu entwickeln, das dem natürlichen Moschus voll und ganz entsprechen und all seine Vorteile, nicht aber seine Nachteile aufweisen sollte. Nach monatelanger Forschung und Erprobung in unseren modernen Laboratorien im Westen von Paris ist es unseren Chemikern auch tatsächlich gelungen, eine Rezeptur zu entwickeln, die diese Auflagen samt und sonders erfüllte und die Zustimmung der »Nase« unseres Hauses erhielt. Da es uns fern liegt, Sie allzu sehr mit technischen Einzelheiten zu belästigen, verehrter Monsieur, sei lediglich gesagt, dass diese Rezeptur auf der Basis von Moschus als Nitratverbindung und Muscone beruht. Diese neue Rezeptur hat die volle Zustimmung der Parfümeurmeister in Grasse gefunden und ist daraufhin in einem veränderten Flakon, den Sie ja bereits kennen und der sich vorteilhaft auf ihren neuerlichen Start auswirkt, auf den Markt gekommen. Unsere »Firmennase« (die, nebenbei bemerkt, in Fachkreisen anerkannt ist) und die Parfümeurmeister in Grasse sind sich darin einig, dass das neue *Musk* genau den gleichen Duft entwickelt und die gleiche olfaktorische Charakteristik des früheren *Musk* besitzt. Schon aus diesem Grunde, verehrter Monsieur, haben wir die vormalige Bezeichnung *Musk* beibehalten. Zweifellos hat Sie die neue Aufmachung ein wenig verwirrt. Aber lassen Sie sich nicht beirren. Das *Musk*, durch das Sie uns heute die Ehre Ihrer Treue erweisen, entspricht genau dem von 1915, dem gleichen, das Sie von jeher kennen und schätzen.

Wir sind überzeugt, verehrter Monsieur, dass das neue *Musk*, ob in seiner neuen Aufmachung oder ob mit Ihrem Zutun in den vormaligen Flakon umgefüllt, Sie sehr bald für sich einnehmen und Sie die Risiken seines Vorgängers vergessen lassen wird.

Als Anlage überreichen wir Ihnen einen Gesamtkatalog von dem breiten Angebot an kosmetischen Produkten und Parfüms unseres Konzerns sowie eine Probe von *Câlin*, unserem allerneuesten Parfüm, das Madame begeistern dürfte.

Mit bestem Dank für Ihre Treue und in der Hoffnung, noch lange die Ehre zu haben, Ihnen zu Ihrer Zufriedenheit zur Verfügung zu stehen, verbleiben wir mit ergebensten Grüßen

Alain Bertoux

Abteilung Kundenbetreuung

Immer wieder las sich Monsieur Eme dieses Schreiben durch. Es klärte ihn über so manches auf – vor allem über sein Parfüm –, aber was es ihm eröffnete, gab zu keiner Hoffnung Anlass. Im Gegenteil. Dieser Brief in seiner schwülstigen Ausdrucksweise untermauerte nur das Gefühl, betrogen worden zu sein. Bislang hatte Monsieur Eme nicht gewusst, was Moschus eigentlich war. Er hatte sein Eau de Toilette als gegeben hingenommen und sich niemals Gedanken darüber gemacht, geschweige denn Erkundigungen darüber eingeholt, woher Moschus eigentlich stammte. Bisher hatte er sein Parfüm mit seinem eigenwilligen Duft als ein Ganzes angesehen, ohne zu versuchen, es zu analysieren, wahrscheinlich aus Angst, dem Geheimnis auf die Spur zu kommen. Monsieur Eme, in Botanik und Chemie nicht sonderlich bewandert, war mehr davon ausgegangen, Moschus sei eine Pflanze – genauer gesagt ein Harz – und ein entfernter Verwandter des Gummibaums. Und jetzt klärte ihn dieser Monsieur Bertoux, Abteilung Kundenbetreuung, darüber auf, dass Moschus mitnichten eine Pflanze war, sondern ein tierisches Produkt, das noch dazu von einem männlichen solchen während der Brunft abgesondert wird. Und Monsieur Eme wurde schlagartig klar, warum seine Wahl damals – und derart spontan – auf Moschus gefallen war und er jedes andere Parfüm verworfen hatte, und er begriff außerdem, warum speziell dieses Eau de Toilette ihm so ungemein zusagte und seiner Strategie des Verführens und

Eroberns in vollem Umfang entsprach. Die sexuelle Konnotation seines Parfüms war für ihn nicht länger von der Hand zu weisen. Für einen kurzen Moment wurde Monsieur Eme selbst zu einem Moschus absondernden Bison in der Brunft. Einen kurzen Moment lang nur, bis zu dem Absatz, da dieser Monsieur Bertoux ihn so schonend wie möglich davon in Kenntnis setzte, dass all dies inzwischen überholt war. Monsieur Eme kam sich doppelt, ja sogar dreifach betrogen vor: betrogen um ein natürliches Parfüm, betrogen um ein animalisches Parfüm, betrogen um ein sexuelles Parfüm.

6

Jedenfalls war dem Brief von Monsieur Bertoux zugute zu halten, dass er Monsieur Eme veranlasste, sich intensiv mit Parfüm als solchem zu beschäftigen. Zu diesem Zweck legte er sich nach und nach Abhandlungen von Roudnitzka, von Gullino und von Laszlo und Rivière zu diesem Thema zu, die er gewissenhaft las und mit Anmerkungen versah, und schon bald dehnte er seine Studien aus und vertiefte sich in der Nationalbibliothek in profundere Werke zu diesem Komplex – darunter in *Die Intimität von Parfüm* und *Die Frage der Ästhetik* –, blätterte auch Fachzeitschriften wie *Parfüms – Kosmetik – Düfte* und *Parfümerie – Kosmetik – Seifen* durch.

Schon bald war er in der Lage, sich sachkundig über wohlriechende Moleküle auszulassen – über die glatten und die kugelförmigen –, über ihre Dichte, ihre Flüchtigkeit, ihre Löslichkeit, und er wusste alles, was es an Wissenswertem über natürliche Substanzen und synthetische Produkte gab, über Parfüms auf pflanzlicher oder auf tierischer Basis, über die »Zyklen«, »Ketten«, »Noten« und »Harmonien« sowie über die »Nasen«, ob es sich nun um Menschen handelte oder um Apparaturen. Und vor allem – vor allem – beschäftigte er sich eingehend mit dem männlichen Bison des asiatischen Hochplateaus, mit dessen Hodensackdrüsen und sexuellen Gepflogenheiten.

Gründlich, wie er war, schlug er daraufhin den Bogen vom Parfüm zum Duft und von den Werken über Parfümerie und Ästhetik zu ausgesprochen medizinischen. Denn je mehr er las, desto mehr wollte er über seinen Zustand in Erfahrung bringen, über den er sich jetzt Gedanken machte. Ja, er befand sich in einem *Zustand.* Nach dem man die Verfassung eines Kranken beurteilte. Einem, dem etwas fehlte. Sämtliche Bände des *Medizinischen Journals* und des *Lancet* forstete er durch auf der Suche nach Abhandlungen über Gerüche und olfaktorische Bedeutung und machte sich vertraut mit den Geruchswimpern und der Geruchsbulbe, den rezeptorischen Proteinen, der Adenylcyclase, dem nasalen Epithel, den Pheromonen, der Anosmie und der Hyperosmie.

Seine Lektüre führte zwangsläufig dazu, sich Fragen über die Funktionen zu stellen, die die olfaktorischen Nerven steuerten. Dementsprechend bekundete er Interesse für die Forschungsergebnisse von Neurologen, vor allem für die von John Krauer von der medizinischen Fakultät von Tufts über die Nasenhöhle des Salamanders und für die von Vilayanur Ramachandran von der Universität in San Diego über das menschliche Gehirn.

Derart sachkundig geworden, legte Monsieur Eme die Bücher beiseite und beschloss, auf eigene Faust die Theorien von Fachleuten und Wissenschaftlern über Geruchssinn und soziales Verhalten zu erproben. Gab es, so sagte er sich, für ein solches Unterfangen ein geeigneteres Umfeld als die Rotunde? Ja, genau in dieser Brasserie gedachte er sich häuslich niederzulassen. Dort angekommen, nahm er nicht seinen Stammplatz im Inneren ein, sondern setzte sich an einen kleinen runden Tisch auf der Terrasse. Es war nicht das erste Mal, dass er diesen Tisch *al fresco* wählte. Aber seit dem letzten Mal war eine Ewigkeit vergangen.

Dadurch dass er diesmal auf seinen Stammplatz zu Gunsten eines auf der Terrasse verzichtete, knüpfte Monsieur Eme an eine alte Gewohnheit an, die auf eine Zeit zurückging, da er, frisch aus der Armee entlassen, bei seinem Vater am Boulevard Edgar Quinet eingezogen war und die Rotunde zu seinem Hauptquartier auserkoren hatte und ebendiesen kleinen runden Tisch auf der Terrasse zu seinem neuen Gefechtsstand.

Besagtes Tischchen war, wie erwähnt werden muss, nicht besonders beliebt bei den Gästen der Brasserie. Aus gutem Grund. Es stand fast schon auf dem Bürgersteig, in vorderster Reihe und dicht am belebten Boulevard, noch dazu an einer Stelle, wo sich der Bürgersteig wegen eines Metro-Ausgangs beträchtlich verengte. Die wahren Terrassenhocker bevorzugten die Tische in der Ecke, dort, wo der Boulevard du Montparnasse und der Boulevard Raspail zusammentrafen und wo man weniger Gefahr lief, umgerempelt zu werden, und nicht unentwegt aufgefordert wurde, die Beine einzuziehen, damit die Leute vorbeikonnten; diejenigen Gäste wiederum, die nicht so beengt sitzen wollten, hatten es auf die erhöhten Tische unmittelbar hinter den offenen Glastüren abgesehen, von wo aus man die vorbeikommenden Passanten beobachten konnte und alles, was draußen vor sich ging. Kurzum, der Tisch, auf den der junge Armand Eme gleich beim ersten Mal sein Auge warf, hatte den Nachteil, derart dicht am Gedränge auf dem Bürgersteig zu stehen, dass er bestenfalls eine lediglich auf Taillenhöhe beschränkte Sicht auf die Vorübergehenden gestattete.

All diese Nachteile schienen dem jungen Armand Eme nichts auszumachen. Denn obwohl er sozusagen fast zu ebener Erde saß, spielte sich das, was ihn interessierte, in noch tieferer Tiefe ab. Was ihn interessierte, waren die Benutzer der Metro, die sich der Treppe am Ausgang Vavin auf der Straßenseite mit den ungeraden Hausnummern bedienten, zwei Schritt von seinem Tisch entfernt. Genauer gesagt waren es die Metrobenutzer des schwachen Geschlechts, die ihn interessierten. Und von denen wiederum galt sein Interesse nicht etwa denen, die diese Treppe zur Metro hinunterstiegen, sondern denen, die sie hinaufkamen. Und wiederum unter denen interessierte er sich nicht für die, die diese Treppe zielstrebig hinaufhasteten – die in der Nähe wohnten oder im sechsten Arrondissement, im Norden des Boulevard du Montparnasse zu tun hatten –, sondern einzig und allein für die, die hier fremd waren, die sich nicht auskannten, die im Untergrund in einen falschen Korridor abgebogen waren und, da sie den richtigen Ausgang verfehlt hatten, zu einer schmalen Treppe gelangten, die sie verunsichert und zögernd emporstiegen. Und genau diesen Zeitpunkt nutzte Armand Eme, um anzugreifen. Er griff in dem Moment an, da der Kopf der Frau unschlüssig auf der Treppe unter ihm auftauchte. Er wartete nicht, bis nach dem Kopf der Körper in der Helligkeit erschien. Er war nicht erpicht auf Gestalten, sondern vielmehr auf Blicke. Und sobald er einen auffing, der ihm verletzlich dünkte, schritt er zur Tat: Er verursachte absichtlich ein Geräusch, mit irgendetwas. Und für eine Frau auf nicht vertrautem Gelände wurde ein solches Geräusch – das ein fallen gelassener Löffel verursacht haben mochte oder eine Männerstimme, die nachdrücklich *Garçon* rief – zu einem Ankerpunkt, einem Zeichen von Menschlichkeit und Verbundenheit auf diesem unbekannten Terrain, auf dem sie sich bewegte. Und ihr bislang scheuer Blick konzentrierte sich urplötzlich auf den Verursacher des Geräuschs. Auf Armand Eme. Jetzt war es an ihm, ihn festzuhalten. Ihre Blicke begegneten sich, er lächelte ihr zu, und wenn ihr sein Lächeln gefiel und sie beruhigte, ließ sie sich davon bis zum

Bürgersteig leiten und stieg die letzten Stufen um einiges beherzter hoch. Oben auf der Treppe dann trennte sie weniger als ein Meter von ihm, der noch immer saß. Und selbst wenn sie ihn nicht ansah und kokett nach neuen Anhaltspunkten Ausschau hielt, mehr topographischen denn menschlichen diesmal, erhob er sich höflich und sagte: »Finden Sie sich nicht zurecht?« Und das klappte. Und jedes Mal, wenn es klappte, wurde Armand Eme zum Verführer, um sich anschließend zurückzuziehen, seine Art, seine Mutter für ihr Verlassen der ehelichen Gemeinschaft zu bestrafen und den Selbstmord seines Vaters zu rächen.

Als Monsieur Eme sich an diesem Tag an besagten Tisch setzte, ging er davon aus, dass es eigentlich keinen Grund gab, weshalb es nicht mehr klappen sollte. Er nahm also seinen früheren Gefechtsstand wieder ein, polierte seine Waffen und rief sich seine einstige Strategie in Erinnerung, wenngleich weit weniger genüsslich als seinerzeit der junge Armand Eme. Denn während Armand Eme vor vierzig, ja noch vor zwanzig Jahren eine relativ große Zahl von Zielscheiben ausmachen konnte, die etwa Zwanzig- bis Fünfzigjährigen nämlich, also eine Spannweite von dreißig Jahren, konnte der betagte Monsieur Eme heute keineswegs mehr darauf hoffen, ein geeignetes Objekt aus einer eher kleinen Schar von etwa Fünfzig- bis Sechzigjährigen auszumachen, also in einer Spannweite von zehn Jahren, einem Drittel der Spannweite des jungen Armand Eme. An Älteren als Sechzigjährigen war Monsieur Eme nicht interessiert. Und die diesseits von Fünfzig zeigten ihrerseits kein Interesse.

Dazu kam, dass falls die Strategie weiterhin gut war, die Waffen zugegebenerweise allmählich ausgedient hatten. Und wenn sich auch die Konfiguration des Terrains nicht verändert hatte und nach wie vor günstig war und wenn die Psychologie noch immer mitspielte und dem gleichen Schema folgte: Der desorientierten Dame kam der heldenhafte Kavalier von einst immer weniger wie Lancelot vor und ähnelte eher Merlin.

Eingedenk seiner Strategie und seiner Erinnerungen jedoch merkte Monsieur Eme gar nicht, dass seine Waffen untauglich geworden waren. Er machte ebenso viel Lärm mit der Tasse und dem Löffel wie der junge Armand Eme, er zog ebenso viele Blicke auf sich, er lächelte wie früher, aber nur ganz vereinzelt ging die eine oder andere jenseits der schicksalhaften Treppenstufen darauf ein. Um sich ihm alsbald, kaum dass sie den Bürgersteig erreichte, wieder zu entziehen. Und selbst wenn Monsieur Eme aufstand, um sie galant zu fragen, ob er behilflich sein könne, ging das auf diese Weise eingefädelte Gespräch nur sehr selten – um nicht zu sagen niemals – über den Hinweis hinaus, wie man zur Rue Stanislas gelangte oder zur Rue Huyghens.

Kein Wunder also, dass sich Monsieur Eme, der dort Platz genommen hatte, um seine Strategie der Verführung und Eroberung in die Tat umzusetzen, sehr schnell in die Rolle des verschrobenen Eigenbrötlers gedrängt sah. Mochte er auch ausnehmend höflich sein und so einige dazu bringen, von ihrem Urteil abzurücken, den Parisern fehle es an Umgangsformen – zu mehr kam es nicht.

Schließlich gab Monsieur Eme auf und räumte seinen Gefechtsstand, trat den geordneten Rückzug an und rettete sich nach Hause.

7

Für Monsieur Eme, der sich stets in dem Ruf eines Schürzenjägers gesonnt, sich aber seit seiner »Einlassungen« mit Eve nicht mehr in diesem Eroberungsspiel versucht hatte, war dieser glücklose Feldzug in der Rotunde ein veritabler Schock. Ein schwerer Dämpfer für seine Eitelkeit. Denn es war seine Eitelkeit, die sich dagegen auflehnte, und prompt lastete er seine jüngsten Rückschläge bei Frauen der zwischenzeitlich erfolgten Veränderung der olfaktorischen Form von *Musk* an, die sich seiner Meinung nach negativ auf ihn auswirkten.

$C_{20}H_{24}O$: der Duft des Erfolgs … Monsieur Eme erinnerte sich, gelesen zu haben, dass es den Marketingexperten gelungen war, im Labor spezifische Düfte zu kreieren, die gezielt auf eine jeweilige Umgebung abgestimmt waren und Schaulustige dazu verleiteten, ihr Geld auszugeben: der Duft von frisch gemähtem Gras in Obst- und Gemüseläden, der Duft von Leder in Autosalons. Um bestimmte Geschäfte in den Duft des Erfolgs zu tauchen, hätten die Experten sogar zu $C_{20}H_{24}O$ geraten, der chemischen Ausgangsformel des Geruchs, der Neugeborene an ihre Mutter kettet.

Monsieur Eme wusste nicht, welches die Ausgangsformel für eine harmonische Verbindung seines Körpergeruchs mit der von *Musk* gewesen war. Aber er war sich mittlerweile sicher, dass sie das Synonym für seinen Erfolg gewesen war, vor allem bei den Frauen. Und nun hatte ihm ein weiterer Experte diese Formel unwiderruflich abgeändert.

Bislang hatte Monsieur Eme ein aus einem Naturprodukt hergestelltes Parfüm benutzt, das herrlich unvollkommen und nicht immer gleich bleibend war und das sich wunderbar mit seinem eigenen Körpergeruch verband. Ein Parfüm, das selbst in seiner Unreinheit – um bei dem von Monsieur Bertoux verwendeten Begriff zu bleiben – etwas Besonderes war. Und nun drängte man ihm ein synthetisches Parfüm auf. Ein zuverlässiges Parfüm, von stets gleicher Konsistenz und vor allem eigenständig, was zur Folge hatte, dass er fortan in der Öffentlichkeit den gleichen Geruch wie alle anderen Männer auch verströmte, die es benutzten – den Erwartungen von Monsieur Bertoux zufolge sehr viele. Von nun an, redete er sich ein, würden die Frauen nicht mehr zu ihm sagen: »Hmm … Wie ich deinen Duft liebe!« Von nun an würden sie sagen: »Mmm … *Musk*?«

Das Parfüm von Monsieur Eme, der vierzig Jahre lang einen naturgetreuen Geruch verbreitet und ihn, als unwandelbares Merkmal seiner persönlichen olfaktorischen Note, in einer großzügigen Duftwolke über seinen Körper und seine Kleidung hinaus vor sich hergetragen hatte, ließ ihn jetzt im Stich, reduzierte ihn auf den äußeren Schein. Den, der an die analytischen Zentren des Gehirns Signale sendet, während der olfaktorische Eindruck als Erstes Signale an die Sinneszentren des nämlichen Gehirns funkt. Und Gott allein wusste, sagte sich Monsieur Eme, ob bei der Frau die Sinneszentren des Gehirns nicht sehr viel wichtiger waren als die analytischen Zentren. Das Zusammenspiel der drei Vorgänge Attraktion – Verführung – Unterwerfung, auf dem bislang Monsieur Emes gesamte Strategie der Eroberung beruht hatte, würde nicht mehr gewährleistet sein, ab sofort, so viel stand fest, war er dem kritischen Blick der anderen – insbesondere dem der Frauen – ausgeliefert. Noch schwerer wog, dass er sich erinnerte, irgendwo gelesen zu haben, dass der weibliche Geruchssinn tausend Mal stärker entwickelt sein konnte als der des Mannes.

Monsieur Eme fühlte sich wie gelähmt. Er bekam keine Luft mehr. Er war ein Bison in Gefangenschaft: ein Bison, der unfähig war, Moschus abzusondern. Gleich darauf durchzuckte ihn jedoch ein übermächtiges Gefühl bodenloser Ungerechtigkeit und drängte ihn zum Handeln. Nein, er würde nicht zulassen, dass man so mit ihm umsprang. Monsieur Eme war von Natur aus ein Kämpfer.

Aber nicht nur ein Kämpfer, sondern auch ein gewiefter Taktiker: ein Talent, das sich zweifellos im Dienste der Gegenspionage bewährt hatte, zu der es ihn nach seinem Einsatz im Indochinakrieg verschlagen hatte und bei der er schließlich auf dem Umweg über ein Diplom für Russisch gelandet war.

Bevor er sich Hals über Kopf in die Schlacht warf, setzte er sich an seinen Schreibtisch und ging daran, schwarz auf weiß und peinlich genau den Sachverhalt festzuhalten, ferner sein angestrebtes Ziel und zum Schluss die zum Erreichen dieses Ziels durchzuführenden Maßnahmen.

Unter *Sachverhalt* notierte er seinen durchschnittlichen Verbrauch von *Musk*, nämlich einen Flakon von hundertfünfundzwanzig Millilitern pro Monat, folglich zwölf Flakons pro Jahr; ferner sein Alter – neunundsechzig – sowie seine Lebenserwartung, auf der Grundlage der beiden Parameter Erbanlagen und Statistiken geschätzte zweiundachtzig, das heißt noch dreizehn lange Jahre. Aus diesem Sachverhalt errechnete sich somit ein Defizit von neunzehneinhalb Litern echtem *Musk* oder hundertsechsundfünfzig Flakons von jeweils einhundertfünfundzwanzig Millilitern.

Unter *Zielsetzung* schrieb er: »Beschaffung eines Vorrats von mindestens hundertsechsundfünfzig Flakons *Musk*.« Und in weiser Voraussicht, schon im Hinblick auf die traurige Erfahrung seines unverheirateten Großonkels, der davon ausgegangen war, sein

Vermögen angesichts einer Lebenserwartung von achtzig Jahren unbesorgt nach und nach ausgeben zu können, und der dann doch seine eigenen Berechnungen und Ersparnisse überlebt und sechzehn weitere Jahre in tiefstem Elend verbracht hatte, räumte sich Monsieur Eme eine zusätzliche Spanne von acht Jahren ein, also bis neunzig, und dementsprechend fügte er zu den hundertsechsundfünfzig bereits erwähnten Flakons sechsundneunzig weitere hinzu, alles in allem somit zweihundertzweiundfünfzig Flakons *Musk*, der Einfachheit halber aufgerundet auf zweihundertsechzig.

Unter *Maßnahmen zur Durchführung* notierte er: (I) Kontaktaufnahme mit der Parfümerie am Boulevard Saint-Germain; (II) mit dem vormaligen Hersteller in Grasse; (III) den Vertreibern von *Musk* in der Provinz; (IV) den Vertreibern von *Musk* im Ausland; (V) Aufsuchen von Trödlern; (VI) Kleinanzeigen in der Presse.

Sobald dies erledigt war, schritt er zur Tat.

8

Am darauf folgenden Morgen griff Monsieur Eme nicht wie üblich zum Strohhut, sondern, da offizieller wirkend, zum weichen Filz mit schmaler Krempe und eilte über den Boulevard Saint-Michel zur Seine, wo er in seiner Stammparfümerie vorstellig wurde. Da angesichts der relativ frühen Stunde der Eigentümer noch nicht zugegen war, suchte Monsieur Eme das Gespräch mit dessen Angestelltem, teilte ihm sein Anliegen mit und auch die Gründe dafür. Trotz seines jugendlichen Alters schien der Angestellte den Sachverhalt durchaus zu verstehen, bezeugte Monsieur Eme seine Anteilnahme und sagte ihm zu, alle Hebel in Bewegung zu setzen, um ihm die größtmögliche Menge des gewünschten Parfüms zu beschaffen. Monsieur Eme, der in ihm nicht den Verkäufer sah, sondern den Mann und Komplizen, verließ ihn befriedigt. Jetzt brauchte er nur noch zu warten, dass der junge Mann sein Versprechen einlöste.

Da aber Monsieur Eme nicht gern wartete, sondern, wie bereits gesagt, ein Mann der Tat war, nahm er unmittelbar nach Verlassen seiner Stammparfümerie den zweiten Punkt seiner Strategie in Angriff. Nachdem er sich beim Zeitungshändler an der Ecke ein Exemplar von *Aladin*, der monatlich erscheinenden Zeitschrift für Antiquitäten- und Jahrmarktshändler und andere mit Raritäten Gewerbetreibende zugelegt hatte, ließ er sich auf der Terrasse eines nahe gelegenen Restaurants nieder, bestellte sich einen Kaffee, zündete sich eine Zigarette an und ging daran, alle Trödler in und um Paris anzukreuzen und die jeweiligen Tage und Geschäftszeiten zu unterstreichen, an denen sie geöffnet hatten. Anhand dieser Eckdaten entwarf er sodann ein Besuchsprogramm, das sich über eine Woche erstreckte, und von dem Wunsch erfüllt, das Eisen zu schmieden, solange es heiß war, begab er sich unverzüglich auf die Jagd.

Sein Ziel waren die kunterbunt gestalteten Auslagen, wie man sie bei allen Trödlern findet – vor denen er aber niemals stehen geblieben war – und in denen dem Sammler – von nichtsnutzigem Zeug, wie Monsieur Eme bisher gemeint hatte, etwa von dem Kaliber von Sammlern, die auf Anstecknadeln erpicht waren oder auf Telefonkarten – auch Muster und winzige Parfümflakons angeboten werden.

Nach sieben Tagen Treibjagd wies Monsieur Emes

Jagdbeute eine Strecke von fünfunddreißig Flakons echtem *Musk* von je zehn Millilitern auf, insgesamt also dreihundertfünfzig Milliliter, eine Deckung seines Bedarfs für weniger als drei Monate. Eine mehr als dürftige Bilanz.

WENN MONSIEUR EME darauf wartete, erfreulichere Nachricht vom Seine-Ufer zu erhalten, so wurde er leider schon bald enttäuscht. Als der dienstbeflissene und verständnisvolle junge Mann aus der Parfümerie von Saint-Germain endlich anrief und berichtete, was sein Alle-Hebel-in-Bewegung-Setzen erbracht hatte, erfuhr Monsieur Eme, dass der Angestellte zwar immerhin einen Restbestand von zweihundert Flakons *Musk* in einem hübschen kleinen Hotel aufgetrieben hatte, das vor kurzem geschlossen worden war, dass es sich aber bei diesen Flakons bedauerlicherweise nur um winzige Probefläschchen von jeweils fünf Millilitern handelte, wie sie die Direktion in der Vergangenheit mit den besten Empfehlungen des Hauses ihren Gästen überreicht hatte.

Zweihundert mal fünf Milliliter. Gleich tausend Milliliter. Gleich acht Monate des durchschnittlichen Bedarfs. Das war noch zu wenig. Monsieur Eme hatte sich von seiner Parfümerie weit mehr erwartet.

Zwei Monate nach Beginn seiner Offensive deckte sein Vorrat an *Musk* nunmehr also einen Bedarf von elf Monaten. Nicht einmal ein Zwanzigstel des gesetzten Ziels. Monsieur Eme war enttäuscht. Aber er ließ sich nicht unterkriegen. Und um die Lethargie abzuschütteln, die ihn zu überkommen drohte, befand er, dass neben Tatkraft nun auch unternehmerischer Geist vonnöten war.

Kraft seiner ehemaligen Zugehörigkeit zum Kader der UICF und der Privilegien und Ermäßigungen, die er dadurch im Eisenbahnnetz genoss, fuhr er hinaus aufs Land und legte die an die tausend Kilometer nach Grasse zurück. Ohne sich erst die Mühe zu machen, vorher zu schreiben oder zu telefonieren. Er baute auf den Überraschungseffekt. Am darauf folgenden Morgen aber, als er sich zur gewünschten Adresse im oberen Teil der Stadt begab, war er es, der überrascht wurde. Das große weiße Haus, vor einundachtzig Jahren die Wiege von *Musk*, war nicht länger eine Stätte der Parfümherstellung, sondern eine Baustelle. Die Arbeiter, die auf dem Grundstück zugange waren, klärten ihn auf, dass die Parfümfabrik ihre Pforten geschlossen habe und das Gebäude verkauft worden sei. Monsieur Bertoux, Abteilung Kundenbetreuung, hatte demnach gelogen. Das Stammhaus von *Musk* hatte Monsieur Eme nicht überdauert. Die Multis hatten sich seiner bemächtigt, hatten die Meister der hohen Kunst der Parfümherstellung in die Wüste geschickt und das Kapital in die Kapitale zurückgeholt. Überrascht, statt wie angenommen zu überraschen, braute sich in Monsieur Eme angesichts dessen abgrundtiefer Hass auf diesen Monsieur Bertoux zusammen, den er nicht einmal kannte. Und dieses Gefühl setzte seine Kräfte in dem Augenblick frei, da er ihnen freien Lauf ließ. Durch Nachfragen in der Nachbarschaft erfuhr er, wo der ehemalige Direktor der Firma wohnte, und sogleich begab er sich zu der angegebenen Adresse, auch diesmal, ohne vorher anzurufen.

Monsieur Raiberti, wie der Direktor hieß, war einigermaßen verblüfft, als dieser mit einem Schirm bewaffnete Unbekannte an seiner Tür auftauchte. Dennoch empfing er ihn mit südländischer Gastfreundschaft und stand ihm bereitwillig Rede und Antwort. Ja, das Haus habe seine Pforten geschlossen, höchst bedauerlich, dass es kurz nach dem neunzigjährigen Firmenjubiläum dazu gekommen sei. Ja, alle Parfüms würden mittlerweile unweit von Paris hergestellt. Nein, leider, der gesamte Vorrat an *Musk* sei aufgebraucht – *Musk* sei ja auch immer nur in kleinen Mengen hergestellt worden und habe sich, nebenbei bemerkt, stets sehr gut verkauft. Monsieur Raiberti bedauerte sehr, Monsieur Eme nicht behilflich sein zu können, war aber sicher, Monsieur Eme werde das neue *Musk*, obgleich synthetisch hergestellt, ganz nach seinem Geschmack finden. Nein? Monsieur Eme finde das nicht? Monsieur Eme ziehe *das unsrige* vor? Nun, dann ließe sich in Monsieur Raibertis Unterlagen vielleicht noch eine Liste der Firmen in der Provinz finden, die ehemals und exklusiv *Musk* vertrieben hätten. Würde das Monsieur Eme eventuell helfen? Ja? Und Monsieur Raiberti trieb diese wertvolle Liste in seinen Unterlagen auf. Und überließ sie Monsieur Eme. Und gab ihm eine weitere Liste, die der Geschäfte, die *Musk* im Ausland geführt hatten – man weiß ja nie, stimmt's? Und Monsieur Eme bedankte sich überschwänglich. Keine Ursache, erwiderte Monsieur Raiberti, es sei ihm ein Vergnügen, einem so treuen Kunden einen Gefallen zu erweisen. Und dann, als er ihn zur Tür brachte und vielleicht weil ihm Monsieur Eme ein wenig wie ein geprügelter Hund vorkam und vielleicht auch, weil er an die lange Fahrt dachte, die Monsieur Eme auf sich genommen hatte, und auf die, die noch vor ihm lag, entschuldigte sich Monsieur Raiberti kurz, verschwand in den Tiefen seines marmorgefliesten Hauses und erschien ein paar Minuten später wieder, mit einem großen Flakon in der Hand. Mit einem Riesenflakon von vertrauter Form (einer Magnumflasche). Einem Flakon von sage und schreibe fünfhundert Millilitern *Musk*. Echtem *Musk*. Und Monsieur Raiberti erläuterte Monsieur Eme, dass dieser Flakon in einer Auflage von lediglich fünfzig Exemplaren herausgebracht worden sei, 1965, zur Feier des fünfzigsten Jahrestages von *Musk*, und dass es ihm eine Freude wäre, wenn Monsieur Eme ihn als Geschenk annehmen würde. Und Monsieur Eme, der vor nichts zurückgeschreckt wäre, um dieses Flakons habhaft zu werden, sagte höflich, dass davon keine Rede sein könne, dies sei ein Andenken und eine Erinnerung an eine Karriere und er würde nie und nimmer auch nur eine Sekunde lang in Erwägung ziehen, ein derartiges Geschenk von Monsieur Raiberti anzunehmen. Aber Monsieur Raiberti bestand freundlich drängend darauf, und schließlich ließ sich Monsieur Eme überreden und dankte Monsieur Raiberti von ganzem Herzen. Und sobald der Flakon seinen Besitzer gewechselt hatte und weil aus dieser Übergabe so etwas wie Vertraulichkeit erwuchs, gestand Monsieur Raiberti, dass er persönlich niemals *Musk* benutzt und stattdessen anderen Düften des Hauses wie *Chêne* oder *Cèdre* auf der Basis von Moos und Holz den Vorzug gegeben habe. Und Monsieur Eme wiederum vertraute Monsieur Raiberti an, dass er diese Parfüms nicht kenne, da er schon sehr früh *Musk* als das *Nonplusultra* für sich erkoren habe. Dennoch, so fügte er wohlwollend hinzu, zweifle er durchaus nicht daran, dass auch die beiden anderen von außerordentlicher Qualität gewesen seien. Dann, nachdem er seinem unverhofften Wohltäter abermals gedankt hatte, verabschiedete er sich, klemmte sich seine Beute unter den Arm und ging.

Auf der Heimreise, im Zug nach Paris, zog Monsieur Eme eine erste Bilanz seiner Unternehmung. Es war nicht zu leugnen, dass er in sehr kurzer Zeit, genauer gesagt innerhalb von achtundvierzig Stunden, einen beträchtlichen Zuwachs an *Musk* verzeichnen konnte. Auch wenn es noch immer zu wenig war. Er hatte fast tausend Kilometer zurückgelegt, und nochmals das Gleiche galt für die Heimfahrt, um einen halben Liter *Musk* zu ergattern, was einem viertel Milliliter pro Kilometer entsprach. Da ihm dieses Verhältnis Milliliter zu Kilometer nicht zusagte, beschloss er, bei seiner Suche nach *Musk* von weiteren Bahnreisen kreuz und quer durch Frankreich Abstand zu nehmen. Zumal das Reisen, obwohl bislang durchaus angenehm, das Risiko in sich barg, mit der Zeit anstrengend zu werden. Er ging die Liste durch, die ihm Monsieur Raiberti überlassen hatte, stellte fest, dass es in der Provinz zehn einschlägige Parfümerien gab und fünf im Ausland. Er nahm sich vor, ihnen zu schreiben.

WAS ER, KAUM dass er wieder zu Hause war, auch sofort tat. Er verfasste für jeden der Vertreiber in der Provinz einen Brief und darüber hinaus ein eher nüchternes, kurzes Schreiben an die im Ausland – in Mailand, London, München, Buenos Aires und Hongkong –, das schon deshalb nüchterner und kürzer gehalten war, weil Monsieur Eme, obwohl er auf Französisch schrieb (in der festen Überzeugung, dass der ausländische Repräsentant einer französischen Firma des Französischen mächtig sein müsse), nicht allzu ausschweifend werden, das heißt dem Empfänger das Lesen vereinfachen wollte. Im Anschluss daran, eingehüllt in eine Atmosphäre, die mehr von Vorbereitung denn Aktion geprägt war, entwarf er noch ein kleines Inserat (*Sammler sucht alte Flakons von* Musk) zur Veröffentlichung in der Tageszeitung, die ihm für Männer, die *Musk* benutzten, am adäquatesten erschien. Dann wartete er.

Und wenn man ihn so sah, hätte man ihn durchaus für einen Verliebten halten können, der ängstlich auf ein Zeichen seiner Angebeteten wartete. Denn wenn das Vorgehen von Monsieur Eme bislang von Taktik geprägt gewesen war, drohte er jetzt, da ihm nichts übrig blieb, als zu warten, regelrecht durchzudrehen. Dies führte dazu, dass er zum Beispiel in aller Herrgottsfrühe und ohne äußere Einflussnahme aufstand und, wie von einer inneren Uhr angetrieben, fieberhaft auf den Schritt der Hausmeisterin lauerte, die ihm die Post hochbrachte, und zu zittern anfing, wenn er hörte, wie ein Brief unter seiner Tür durchgeschoben wurde. In seiner Einbildung und in dem Wunsch, diesem Warten, das ihn belastete, eine feste Form zu geben, entwarf Monsieur Eme in Gedanken eine ganze Gemeinschaft von heiligen Fürsprechern, die ihm eine Brücke schlugen zu dem, was er begehrte, und die sich vom Vertreiber zum Angestellten spannte, zum Postverteiler, zu seinem Briefträger, zu seiner Hausmeisterin, bis schließlich hin zu ihm.

9

In den Wochen, die dem Versand der Briefe und dem Erscheinen des Inserats folgten, erhielt Monsieur Eme acht Flakons von hundertfünfundzwanzig Millilitern *Musk* vom Vertreiber in Biarritz und vier weitere von dem aus Bordeaux. Er erhielt sogar, als Antwort auf die Annonce, die er in der Presse veröffentlicht hatte, sechs weitere Flakons aus privater Hand, die jedoch allesamt leer waren. Da es sich aller Wahrscheinlichkeit nach bei diesen Absendern um Sammler handelte, sah sich Monsieur Eme gezwungen, sie dennoch für ihre Mühe zu entschädigen. Ferner erhielt er eine Anzahl von Briefen von Leuten, die ihm aufgrund seines Inserats eine Reihe von Parfüms anboten, die nichts mit *Musk* gemein hatten. Diese Briefe zerriss er samt und sonders, nachdem er ihren Inhalt überflogen hatte, übermannt von einer Frustration, die ebenso groß war wie die Erwartungen, die ihr Eintreffen ausgelöst hatten. Noch vier weitere Flakons *Musk* trafen ein, zusammen mit einem überaus höflichen Schreiben des Londoner Vertreibers – einem alteingesessenen Haus in der Jermyn Street –, der sein Bedauern zum Ausdruck brachte, ihm nicht dienlicher sein zu können, da verständlicherweise der treuen englischen Kundschaft Vorrang eingeräumt werden müsse. Diesen Brief zerriss Monsieur Eme nicht. Er spielte sogar kurz mit dem Gedanken, dem Absender zu schreiben und ihn um die Namen und Adressen der Kunden zu bitten, die *Musk* benutzten, besann sich dann aber doch eines Besseren. Als Franzose, der er war, hatte Monsieur Eme seine Würde und seinen Stolz.

Jedenfalls erbrachten diese acht Wochen einen Zuwachs von zweitausend Millilitern *Musk*, was den von Monsieur Eme bereits gehorteten Vorrat von tausendachthundertfünfzig Millilitern auf insgesamt drei Liter und achthundertfünfzig Milliliter aufstockte. Damit war sein Bedarf für einunddreißig Monate gedeckt – also für nicht ganz drei Jahre. Und dann versiegte die Korrespondenz.

MONSIEUR EME HATTE fast schon die Hoffnung aufgegeben, als er, vier Wochen später, einen Brief des argentinischen Vertreibers von *Musk* erhielt. Der Brief war in Spanisch abgefasst, eine Sprache, die Monsieur Eme nicht vertraut war. Notgedrungen und unter Zuhilfenahme eines zweisprachigen Wörterbuchs gelang es ihm, den Inhalt zu entschlüsseln und dahin gehend zu verstehen, dass in Buenos Aires drei Flakons *Musk* für ihn bereit stünden und ihm auf dem Postweg zugestellt werden könnten, sobald eine bestimmte Summe in Pesos auf dem angegebenen Bankkonto eingegangen sei.

Nachdem er seine Übersetzung auf Herz und Nieren überprüft hatte, suchte Monsieur Eme unverzüglich seine Bank auf und veranlasste die geforderte Überweisung. Beim Wechselkurs gab er sich eher großzügig. Er hoffte, auf diese Weise die Dringlichkeit zu veranschaulichen und ihn vor den Versandkosten per Luftpost nicht zurückschrecken zu lassen.

ALS SECHS WOCHEN später das Päckchen aus Argentinien endlich eintraf, war Monsieur Eme nicht zu Hause; auch die Hausmeisterin hielt sich nicht in ihrer Pförtnerloge auf, denn bei seiner Rückkehr abends fand er unter seiner Tür die Benachrichtigung über eine wegen Nichtantreffens eines Empfangsberechtigten bei der Post hinterlegte Sendung. Da es bereits spät war, musste er sich bis zum nächsten Morgen gedulden, um sein Päckchen abzuholen, und er verfluchte die Pförtnerin, die mit einer derartigen Unverfrorenheit die imaginäre Kette unterbrochen hatte, die ihn mit Buenos Aires verband. Alle anderen Elemente der Kette, vom argentinischen Vertreiber über den Postverteiler bis hin zum Postboten, waren ihrer Rolle gerecht geworden. Alle, nur sie nicht. Dennoch ging er an diesem Abend voller Erwartung zu Bett. In Erwartung dieser drei zusätzlichen Flakons und in der Hoffnung auf weitere, die folgen würden.

Am frühen Morgen des nächsten Tages wurde er auf dem Postamt am Boulevard du Montparnasse vorstellig und wies dem Schalterbeamten die Benachrichtigung über die für ihn dort hinterlegte Sendung vor. Der Beamte warf einen Blick darauf, verschwand dann hinter einer Tür und kam kurz darauf mit einem kleinen Paket wieder, das auf Monsieur Eme einen nicht gerade vertrauenswürdigen Eindruck machte. Es hätte quadratisch sein müssen, höchstens rechteckig, während Monsieur Eme, so weit er erkennen konnte, geschworen hätte, dass dieses hier eher pyramidenförmig aussah – ja, pyramidenförmig –, wie eine Huldigung an die Bauwerke der Azteken oder Mayas – Monsieur Eme wusste es nicht genau zu sagen – auf jenem Kontinent, von dem es gekommen war. Und seine Zweifel legten sich nicht, ganz im Gegenteil, als der Schalterbeamte, übers ganze Gesicht grinsend, meinte, dass es gut rieche. Wieso denn das, gut riechen? erschrak Monsieur Eme. War etwa ein Flakon unterwegs zerbrochen? Und als er den Beamten fragte, ob das Päckchen beschädigt sei, meinte dieser, leider ja, dem wäre so, dies sei auch auf dem Benachrichtigungsschein vermerkt. Monsieur müsse das wohl überlesen haben. Aber vermerkt wurde es – hier –, sagte der Beamte und hielt ihm die Benachrichtigung unter die Nase, verbunden mit der Bitte, den Empfang zu quittieren. Der Monsieur Eme widerwillig nachkam. Worauf ihm der Beamte das Päckchen aushändigte. Und in der Tat, dieses Päckchen roch gut. Es duftete nach *Musk*. Es verströmte *Musk* aus allen Ritzen und Poren seiner papiernen Umhüllung. Welch unglaubliche Verschwendung!, sagte sich Monsieur Eme. Dieser verdammte Pappkarton ist bis zur letzten Faser mit *Musk* getränkt, während es mir daran mangelt. Und als der Schalterbeamte sah, wie Monsieur Eme das Gesicht verzog, fragte er ihn, ob das Päckchen versichert sei und ob er ein Formular zur Schadenserstattung ausfüllen wolle. Trotzdem Monsieur Eme empört war, sagte er nichts. Wie hätte er diesem Ahnungslosen auch klarmachen können, dass dieser Flakon – Monsieur Eme hoffte inbrünstig, dass sich der Schaden auf einen einzigen beschränkte – unwiederbringlich war? Deshalb sagte er nichts außer danke und zog mit seinem duftenden Päckchen von dannen.

Wieder zu Hause, begab er sich schnurstracks in sein Ankleidezimmer und machte sich daran, vorsichtig das Päckchen zu öffnen, dessen äußere Hülle zu einer Ziehharmonika zerknautscht war. Sobald er sie entfernt hatte, verbreitete sich ein derart intensiver Geruch von *Musk*, dass er für den seit Monaten in dieser Beziehung sparsam gewordenen Monsieur Eme schier unerträglich wurde. Er durchwühlte das argentinische Zeitungspapier, mit dem man das Päckchen ausgestopft hatte, und förderte einen zersplitterten Flakon zutage. Fieberhaft tastete seine Hand zwischen dem zerknüllten Papier herum und stieß auf einen weiteren Flakon. Als er ihn schließlich herausgezogen hatte, stellte er fest, dass es sich lediglich um die Hälfte eines Flakons handelte. Den dritten fand Monsieur Eme erst gar nicht. Dafür angelte er aus dem Päckchen einen Stöpsel heraus, der in einem abgebrochenen Flaschenhals steckte, sowie einen dicken Glasboden; alles Übrige des Flakons war schlicht und einfach Scherbensalat. *Disjecta membra.* Keiner der drei Flakons hatte die Atlantiküberquerung heil überstanden.

Andächtig deponierte Monsieur Eme alles an kläglichen Überresten auf der gewissermaßen zu einem marmornen Totenschrein umfunktionierten Kommode, strich Seite um Seite der parfümgetränkten Zeitung glatt, stapelte sie ordentlich aufeinander und legte das Häufchen neben die Scherben, drückte die Pappschachtel flach zusammen und packte sie obendrauf. Nach Vollzug dieses makabren Rituals setzte er sich vor seine Kommode und sog tief den sich verströmenden Duft von *Musk* ein. Dann stand er auf und verließ, nicht ohne die Tür hinter sich zuzuziehen, sein Ankleidezimmer, um Madame Cécile ein paar Zeilen zu schreiben, mit denen er ihr nachdrücklich einschärfte, nichts anzufassen.

10

Monsieur Eme deutete das argentinische Fiasko als ein Zeichen. Als eine göttliche Botschaft, die ihn anhielt, seine Suche einzustellen und das Schicksal nicht länger herauszufordern. Einen Augenblick lang schickte er sich darein, war bereit, ja und amen dazu zu sagen. Aber gleich darauf stellte sich sein Kampfgeist wieder ein, und er entwarf neue Pläne für die Suche nach seinem Gral. Wenn sein Parfüm, so sagte er sich, im Handel nicht mehr erhältlich war, hinderte ihn nichts und niemand daran, es sich anfertigen zu lassen, nicht anders, als er sich bereits seine Anzüge und Oberhemden anfertigen ließ.

Also wechselte er von der Lektüre wissenschaftlicher Werke über Parfüms zu Fachbüchern über die kosmetische Industrie und stieß hierbei auf die Namen und Adressen von vier Pariser Häusern, die auf Bestellung individuelle Parfüms kreierten. Drei von ihnen gehörten zu den Großen der Industrie, weshalb Monsieur Eme, durch seine unselige Erfahrung mit der Abteilung Kundenbetreuung (*sic!* sagte er sich) eines anderen Konzerns gleichen Formats klug geworden, sie von vornherein verwarf und sein Augenmerk auf eine kleine Firma richtete, dem Anschein nach ein Familienbetrieb unweit der Avenue George-V im achten Arrondissement.

Allerdings klang der Name des besagten Hauses eindeutig angelsächsisch, sodass Monsieur Eme, der das Misstrauen seiner Landsleute gegenüber Engländern teilte, zunächst skeptisch war. Dennoch flößte ihm dieser Name, so englisch er auch sein mochte, etymologisch gesehen Vertrauen ein. Als er dann schwarz auf weiß las, dass ebendieser Parfümeur seit dem achtzehnten Jahrhundert in Paris ansässig war und, wie er im Verlauf seiner mit Eifer betriebenen Lektüre weiterhin erfuhr, eine berühmte Prinzessin, für die er von jeher Bewunderung hegte, mit duftenden Essenzen beliefert hatte, zögerte Monsieur Eme nicht länger und bat schriftlich um ein Treffen, um die Modalitäten einer Auftragserteilung abzuklären. Und nachdem er abermals all seine Hoffnungen der Post anvertraut hatte, wartete er.

DAS WARTEN WAR er mittlerweile gewohnt. Als aber vier Wochen später noch immer nichts Antwortähnliches bei ihm eintraf, wurde er langsam ungeduldig, dann unumwunden zornig. Dieser Parfümeur, sagte er sich, hatte es wohl ausschließlich auf gekrönte Häupter und jede Menge andere Prominenz als Kunden abgesehen, während sein Name, Eme, natürlich mit keinem Adelsprädikat verbrämt und außerdem gerade mal einsilbig war. Und natürlich besaß er keinen Titel, dessen er sich rühmen durfte: Spionage verpflichtet. Aber war das ein Grund, ihn derart zu ignorieren? Hatte er seinen Brief – einen höchst elegant formulierten Brief übrigens – nicht auf Büttenpapier mit Prägung geschrieben, das er von einem angesehenen Haus im Faubourg Saint-Honoré bezog? Sprach denn dies nicht eindeutig dafür, dass er sehr wohl geschliffene Umgangsformen und, mehr noch, Format besaß? Dies alles braute sich in seinem Hirn zusammen, sein gallisches Blut wallte auf, und alsbald erging er sich darin, diesen heimtückischen Albion zu verteufeln, wobei er völlig vergaß, dass er sich einen Monat zuvor noch selbst eingeredet hatte, dieser nämliche Parfümeur sei ungeachtet seines britischen Namens bereits seit zweihundert Jahren Franzose. Derart erbost war er, dass er sich sagte, er hätte niemals an eine Firma schreiben dürfen, die ihren Sitz neben einem Grandhotel hatte, das sich mit dem Namen eines englischen Monarchen schmückte und noch dazu an eine nach einem anderen englischen Monarchen benannte Avenue grenzte.

Infolgedessen kam für ihn doch eher ein großes Unternehmen in Betracht, und so entschied er sich, von Patriotismus erfüllt, für eine durchaus französisch klingende Firma an einer großen Straße, die nach einem Herrscher benannt war, der nicht französischer hätte sein können.

UND DIESMAL SCHRIEB Monsieur Eme nicht, Briefpapier mit Prägung hin oder her. Da die schriftliche Kontaktaufnahme den Nachteil hatte, dass er dadurch zum Warten gezwungen wurde, erschien ihm das Prinzip des augenblicklichen Rede-und-Antwortstehen-Müssens günstiger, weshalb er telefonierte. Um sofort einen Gesprächstermin zu vereinbaren. Den man ihm auch sofort einräumte.

Bereits am übernächsten Vormittag saß er mit dem Muster von *Musk*, das er nachmachen lassen wollte, äußerst bequem in einem im Stil der dreißiger Jahre großzügig ausgestatteten Büro einer dynamisch wirkenden jungen Person gegenüber, die ihn fatalerweise allzu sehr an Monsieur Bertoux erinnerte, auch wenn er den noch nie gesehen hatte. Als aber kurz darauf besagte junge Person, eine Madame La Grandière, über die interne Telefonleitung ihre Assistentin anwies, keine Gespräche mehr durchzustellen, entspannte sich Monsieur Eme und sagte sich, dass er in guten Händen war.

»Inwieweit kann ich Ihnen behilflich sein, Monsieur?«, fragte Madame La Grandière, nachdem sie den Hörer aufgelegt hatte.

»Ich möchte für mich ein Eau de Toilette anfertigen lassen, Madame, und soweit ich verstanden habe, übernimmt Ihr Haus derlei Aufträge auf Bestellung.«

»Das stimmt. Es ist tatsächlich so, dass wir, wenngleich mittlerweile recht selten, derlei herstellen. Ich sage selten, weil ein Parfüm nach Maß etwas sehr Exklusives ist und dementsprechend kostspielig.«

»Das verstehe ich durchaus«, sagte Monsieur Eme, »ich bin bereit, den entsprechenden Preis zu zahlen.«

»Das Mindeste wären zweihunderttausend Franc.«

»Verstehe, verstehe«, erwiderte Monsieur Eme und gab sich den Anschein, als bedeute ihm Geld gar nichts. »Und für ein Parfüm auf der Basis natürlicher Produkte dürfte sich das ...«

»Für natürliche Produkte muss man ein klein wenig mehr veranschlagen. Aber wir bleiben auf dem gleichen Preisniveau ... Um Ihnen eine Vorstellung zu vermitteln: Das Kilogramm roher grauer Amber kostet um die neunzigtausend Franc, das Kilo Jasminextrakt um die hunderttausend, und der Preis für ein Kilo reiner Iris bewegt sich um die dreihundertfünfzigtausend Franc ... Wissen Sie schon in etwa, welche Art von Parfüm Sie möchten?«

»Sogar ganz genau, Madame«, sagte Monsieur Eme und zog den Flakon mit *Musk* aus der Innentasche seines Jacketts. »Dies ist ein Muster meines gewohnten Eau de Toilette. Leider wird es nicht mehr hergestellt, aber ich würde es gern weiterhin benutzen.«

»Ich kenne *Musk*«, sagte die junge Frau und griff nach dem Flakon, den Monsieur Eme ihr reichte. »Soviel ich weiß, ist die Firma in Grasse, wo es kreiert wurde, aufgekauft worden ... Aber wenn ich mich nicht täusche, ist *Musk* weiterhin auf dem Markt.«

»Nur dass es leider nicht mehr das gleiche ist, Madame«, seufzte Monsieur Eme. »Dieses Parfüm hier ist auf der Basis von natürlichem Moschus hergestellt, das neue dagegen auf der Basis von synthetischem Muscone.«

»Aber Muscone entspricht dem natürlichen Moschus voll und ganz.«

»Von wegen«, widersprach Monsieur Eme lebhaft. »Der Duft ist ein völlig anderer ... Sie können mir glauben ... Ich benutze es seit ... seit Jahren«, schloss er kokett.

»Verstehe«, sagte die junge Frau, der allmählich dämmerte, wen sie da vor sich hatte. »Sie möchten also weiterhin das *Musk* benutzen, das Sie immer benutzt haben.«

»Richtig, Madame«, sagte Monsieur Eme und griff damit sofort nach dem Ast, den sie ihm hinhielt. »Ich möchte genau dieses Parfüm hier, in ausreichender Menge – in unbegrenzter Menge.«

»Bedauerlicherweise«, sagte sie und zog unvermittelt den hingehaltenen Ast wieder zurück, »dürfte das nicht möglich sein.«

»Ich weiß, dass natürliches Moschus teuer ist«, fiel ihr Monsieur Eme ins Wort, »aber wie ich bereits sagte, bin ich bereit, den geforderten Preis zu zahlen.«

»Das bezweifle ich nicht, Monsieur, das bezweifle ich nicht ... Aber dies ist keineswegs nur eine Frage des Preises ... es geht hier vielmehr um das Image.«

»Ich verstehe nicht ...«

»Monsieur, die Sache ist nämlich die: Auch wenn dieses Parfüm nicht mehr hergestellt wird, ist es weiterhin und wie alle Patente, Markennamen und industriellen Urheberschaften gesetzlich geschützt. Mit der Übernahme des Hauses, in dem *Musk* hergestellt wurde, hat der Konzern, der es erworben hat, auch das Recht zur Herstellung von *Musk* erworben. Und falls es zutrifft, dass die Formel und die Zusammensetzung von *Musk* nicht patentiert sind – in der Regel sollten Geheimnisse gewahrt bleiben –, kann es sich ein Haus wie das unsere, selbst wenn es dank der Chromatographie in der Lage ist, ein identisches Parfüm herzustellen, nicht erlauben, das Erzeugnis eines Konkurrenten nachzuahmen. Das würde unserem Image schaden.«

»Auch wenn es um ein Parfüm geht, das nur für einen einzigen Kunden bestimmt ist?«, fragte Monsieur Eme beunruhigt.

»Leider ja«, bedauerte die junge Frau. »Auf die eine oder andere Weise kommt das heraus und wird, wenn nicht als Plagiat, so doch zumindest als Nachahmung enttarnt. Um es nachzumachen, muss man nach Asien gehen – nach Malaysia zum Beispiel.«

»Selbst für ein Parfüm ohne Namen?«, erschrak Monsieur Eme.

»Ja, leider«, kam es mitfühlend zurück. »Natürlich«, fügte Madame La Grandière hinzu, »könnte man mit den neuen Eigentümern über den Erwerb der Formel verhandeln. Allerdings bezweifle ich, dass sie zu einer Überlassung bereit sind … Außerdem« – und dabei war sie bemüht, Monsieur Eme nicht von der Warte aus anzusehen, von der aus ein junger Mensch einen Greis betrachtet – »dauert so etwas unendlich lange.«

Und Zeit, sagte sich Monsieur Eme, ist genau das, was ich nicht habe.

»Andererseits«, meinte Madame La Grandière entgegenkommend, »wäre mein Vorschlag, dass wir für Sie ein Parfüm aus natürlichem Moschus herstellen, auf der Basis einer Formel, über die allein wir verfügen. Ich kann Ihnen versichern, dass man *keinerlei* Unterschied bemerken wird.«

»Dass man keinerlei Unterschied bemerken wird«, wiederholte Monsieur Eme abwesend.

»Keinerlei«, versicherte Madame La Grandière. »Das Parfüm, das wir für Sie herstellen, für Sie ausschließlich, würde *genau* dem Duft von diesem Ihrem *Musk* hier entsprechen. Das gleiche Volumen haben, die gleiche Dichte, die gleiche Löslichkeit und die gleiche Verflüchtigung. *Niemand* wird den Unterschied bemerken.«

»Niemand wird den Unterschied bemerken«, wiederholte Monsieur Eme genauso monoton.

»Nicht einmal Sie!«

»Nicht einmal ich«, schloss sich Monsieur Eme an.

»Allerdings vermute ich stark«, meinte sie scharfsinnig, »dass Ihnen das trotz allem nicht genügen wird.«

Sie hat Recht, sagte sich Monsieur Eme und stand

auf, um sich zu verabschieden. Das wird nicht genügen. Was interessierte ihn schon, ob dieses neue Parfüm, das man ihm da in Aussicht stellte, *genau* wie sein *Musk* roch? Und was interessierte ihn außerdem, ob alle Welt glaubte, es handle sich um das gleiche Parfüm? Was er wollte, war sicherzustellen, dass es das gleiche war. Nicht es *glauben* wollte er, sondern es *wissen*. Er musste es unbedingt wissen.

Im Taxi, das ihn nach Hause brachte, sann Monsieur Eme, der sich noch nicht geschlagen gab, bereits wieder darüber nach, wie das Gesetz für die industrielle Urheberschaft umgangen werden konnte, um sein *Musk* zu klonen. Er sah sich bereits in Kuala Lumpur erbittert mit Spezialisten für Nachahmungen verhandeln, die von französischen Zollfahndern gejagt wurden, oder aber auf der Halbinsel Pinang, wo er verständnislose Chemiker zu überreden suchte, in ihrer Freizeit mit Moschus zu experimentieren, koste es, was es wolle. Er war der Onkel Oswald von Roald Dahl. So wie Onkel Oswald seinerzeit das Schiff von Marseille nach Alexandria genommen hatte und dann den Zug von Alexandria nach Khartum, würde er das Flugzeug von Paris nach Moskau nehmen, dann den Zug – diesen Zug, den er so gut von der Karte her kannte – von Moskau nach Duschanbe. Wie Onkel Oswald sich nach Afrika begeben hatte, um der *cantharis vesicatoria sudanii* nachzuspüren – jenem Schleimblasen absondernden goldgrünen Käfer, der sich von den Blättern des Baobab ernährt –, würde er sich nach Zentralasien begeben, auf der Suche nach Moschus, das von der Libido des Bisons gespeist wurde. Onkel Oswald war nach Europa zurückgekehrt, im Gepäck sein kostbares, aus der Natur gewonnenes Kantharidin, und er würde heimkommen mit seiner ebenso natürlichen Moschusessenz.

Dennoch wusste Monsieur Eme im Grunde ganz genau, dass all diese Pläne ebenso wenig mit der Wirklichkeit übereinstimmten wie die von Roald Dahls Onkel Oswald. Und er wusste auch, dass Madame La Grandière Recht hatte: Er würde sich mit *genau* dem gleichen *Musk* nicht zufrieden geben. Was er brauchte, war das echte, einzig wahre *Musk*. Wenn es nach ihm gegangen wäre, hätte die Firma, die *Musk* hergestellt hatte, niemals verkauft werden dürfen. Und *Musk* hätte weiterhin auf der Grundlage von natürlichem Moschus produziert werden müssen. Vor allem hätte er sich gewünscht, dass Flakon und Aufmachung niemals verändert worden wären. Jetzt war es zu spät. Das Haus, das *Musk* herstellte, war ein für alle Mal verkauft, die Formel für *Musk* ein für alle Mal verändert worden, ebenso wie sich ein für alle Mal Flakon und Verpackung in neuer Aufmachung präsentierten. Nichts würde jemals wieder wie früher sein. Solange hatte er im Wissen um *Musk* gelebt, sich in Gewissheit wiegen können, und auf einmal verlangte man von ihm, im Glauben daran zu leben.

Man verlangte von ihm, ein Glaubensbekenntnis abzulegen. Und das brachte er nicht über sich.

Zu Hause wartete ein Umschlag mit dem Logo des Pariser Parfümeurs mit dem so englischen Namen auf ihn. Sie hatten sich also doch noch zu einer Antwort aufgerafft. Aber Monsieur Eme, der noch vor ein paar Stunden über diesen Brief hergefallen wäre, machte sich nicht einmal die Mühe, ihn zu öffnen. Weil sein Entschluss bereits feststand.

11

Kaum hatte sich Monsieur Eme dazu durchgerungen, seine Suchaktion einzustellen, nahm eine seltsame Panik von ihm Besitz. Er war neunundsechzig und hatte eine Lebenserwartung von zweiundachtzig Jahren. Andererseits verfügte er über weniger als vier Liter *Musk* – die Deckung seines Bedarfs für weniger als drei Jahre. Die Schlussfolgerung ergab sich von selbst: Er musste unbedingt den Verbrauch von *Musk* um das Drei- bis Vierfache verringern, um solange wie möglich damit auszukommen. Das war er seiner Gesundheit schuldig.

Was sich in der Folgezeit abspielte, ist nicht leicht zu erklären. Während der nächsten Monate reduzierte Monsieur Eme seine tägliche Ration an *Musk* in der Tat um mehr als die Hälfte, aber das führte nur dazu, dass er seelisch wie körperlich schlagartig abbaute. Was mit der Sünde der Eitelkeit eines *Beau* begonnen hatte, der sich weigerte, alt zu werden, schlug jetzt in ein existenzielles Drama um. Je mehr Monsieur Eme seinen Parfümverbrauch einschränkte, desto deutlicher merkte er, dass er innerlich wie äußerlich zu einem Trauerkloß schrumpelte. *Musk* hatte ihn mit einem Duft von einer Reichweite *n* umgeben, und jetzt war dieser Duft nur noch halb so stark, also $^{n}/_{2}$, wenn nicht gar $^{n}/_{3}$. Und morgen würde er vielleicht nur noch $^{n}/_{4}$ sein. Wie seinerzeit das Vermögen seines unverheirateten Großonkels ging es mit dem Duft von Monsieur Eme schneller zu Ende als mit ihm selbst. Das Eau de Toilette und er lebten ab sofort nicht mehr nach dem gleichen Rhythmus. Bisher war er von seinem Duft getragen worden, jetzt aber ließ dieser Duft nach wie der Wind, der erstirbt und die Segel eines Bootes erschlaffen lässt, es lähmt; wie die Nacht sich über Solarkollektoren senkt und sie neutralisiert. Der Duft von Monsieur Eme verebbte, und Monsieur Eme fühlte sich mit einem Mal saft- und kraftlos.

Die ersten Auswirkungen dieses Energiemangels bekam Eve zu spüren. Bislang war Monsieur Eme trotz seines vorgerückten Alters ein feuriger Liebhaber gewesen. Ein Liebhaber, der seinen Körper außer Acht ließ, um nur den der anderen zu sehen. Wenn er Eve angeschaut hatte und sie ihn, war es nicht so sehr sein eigener Körper gewesen, den er in ihren Augen gesehen hatte, sondern Eves Verlangen. Das war nun vorbei. Wenn er jetzt mit Eve zusammen war, war das nicht mehr Eves Körper – der Körper einer Frau von kaum fünfzig Jahren –, den er sah, sondern sein eigener: der eines auf die siebzig zugehenden Greises. Sein Körper, der vormals in *Musk* und Begierde dahingeschmolzen war, hatte jählings sichtbare, greifbare Konturen angenommen, Konturen, die Monsieur Eme abstoßend fand. Und da er sich nicht mehr ausstehen konnte, gab es für ihn keinen Grund zu der Annahme, Eve würde ihn weiterhin lieben und begehren. Seine Augen, die sich bislang damit begnügt hatten, im Halbdunkel jenes Hotelzimmers undeutliche Umrisse und Schatten wahrzunehmen, verfügten mit einem Mal über katzengleiche Schärfe. Plötzlich fielen ihm Dinge auf, die er vorher niemals zur Kenntnis genommen, Einzelheiten, die er niemals bemerkt hatte: die rötlich gefleckten Falten auf seinem Bauch, wenn er sich über Eve beugte, sein schlaffer Oberkörper, das schwabbelige Fleisch der Arme, auf die er sich stützte, seine weißen Achselhaare und diese unzähligen kleinen bräunlichen Flecken – Friedhofsgänseblümchen – auf seinen Handrücken und Unterarmen, wie die Zeichen bereits einsetzender Fäulnis. Auch bei geöffneten Fensterläden und eingeschaltetem Licht hätte Monsieur Eme nicht genauer beobachten und wahrnehmen können.

Deshalb schwang er sich eines Tages auf und zog die dicken und staubigen Vorhänge zu, die bislang keinen anderen Zweck erfüllt hatten außer vielleicht dem, das dem Pompadourstil nachempfundene Bett nachdrücklicher zur Geltung zu bringen. Aber der

Aufschub war nur von kurzer Dauer. Nach und nach gewöhnten sich seine Augen an diese neue Dunkelheit. Und immer deutlicher unterschied er dieselben Einzelheiten, die er so gern verschleiert hätte. Und je deutlicher er sich seines Körpers bewusst wurde, desto schlaffer wurde sein Glied und desto mehr konzentrierte er sich auf seine Erektion.

Als vollendetem Kavalier war Monsieur Eme daran gelegen gewesen, seine Partnerin rundum zu befriedigen: eine Frage der Ehre. Fortan nicht mehr. Fortan ging es ihm vor allem darum, sich zu beweisen: eine Frage des Image. Unmerklich wechselte er deshalb von langen Umarmungen zu raschen Vereinigungen über, in der höchst eigennützigen Absicht, sobald sein Glied steif wurde, in Eve einzudringen. Und ebenso unmerklich wechselte er von der verliebten Nacktheit, die ihm mit einem Mal unerträglich dünkte, zu sexuellen Praktiken über, bei denen er seine Kleider anbehielt, jedenfalls zum größten Teil. Sein Geschlechtstrieb, der bisher seinen ganzen Körper einbezogen hatte, beschränkte sich mittlerweile einzig und allein auf sein männliches Glied, und je mehr er sich darauf beschränkte, desto weniger erwies sich dieses Glied als männlich.

Als er es dann eines Tages nicht länger aushielt, gab Monsieur Eme das Hotelzimmer auf, das seit Jahren seinen geheimen Liebschaften Zuflucht bot, lud ganz gegen seine Gewohnheiten Eve zu sich nach Hause ein und beschlief sie auf dem Diwan in seinem Ankleidezimmer. Dort, wo alles von dem geheiligten Duft überlagert war. Der jedoch nichts bewirkte. Mochte Monsieur Eme auch noch so sehr in seinem olfaktorischen Fetischismus die Bestätigung suchen, die ihm jetzt fehlte, der Knacks war da. Und würde ihm bleiben. Das Tageslicht, das durch die Jalousien drang, die mannshohen Spiegel, die alles an ihm und dazu noch die zerbrochenen Flakons und die argentinischen Zeitungen auf der Kommode reflektierten, all dies diente nur dazu, ihm sein Fiasko vor Augen zu führen. Vom Bison in Gefangenschaft hatte sich Monsieur Eme zum entmannten Bison gewandelt. Und weil er nur noch sich sah, gab er Eve den Laufpass.

WENN MONSIEUR EME früher in den Spiegel geschaut hatte, dann geschah dies, um sich zu rasieren, um sich zu kämmen, um den Knoten seiner Krawatte zurechtzurücken, um sich zu vergewissern, dass er seine Weste – und seinen Hosenschlitz – ordentlich zugeknöpft hatte, um sich zu überzeugen, dass seine Hose richtig auf dem Schuh aufsaß, und sich ganz allgemein wohlwollend zu begutachten. Jetzt nicht mehr. Jetzt stellte sich Monsieur Eme splitternackt vor den Spiegel, und wenn er sich betrachtete, ging es ihm nicht länger um den Gesamteindruck, eine oberflächliche wie kinetische Begutachtung, sondern um Einzelheiten. Schmerzliche Einzelheiten. Seine Wangen, denen er bislang nur für die Dauer der Rasur Aufmerksamkeit geschenkt hatte, waren eingefallen; die Haare, die er nach dem Sitz seiner Frisur beurteilt hatte, waren grau und reichlich schütter; sein Hals, der unter Kragen und Krawatte verschwunden war, war ausgemergelt; der vom guten Schnitt des Jacketts kaschierte Bauch wölbte sich wanstartig; seine Beine, sonst gefällig von den Hosen umspielt, waren abgemagert.

Lange Zeit hatte Monsieur Eme Haut mit Rasur verwechselt, Haare mit Frisur, Hals mit Kragen, Bauch mit Jackett, Beine mit Hose, Füße mit Schuhen und Hände mit Handschuhen. Und wenn er dies hatte tun können, dann deshalb, weil sein Duft wie alle anderen Düfte ein topographisches Bild und eine Form ergab – eine dreidimensionale Form –, die ihm eigen waren. Solange er dieses Bild von seinem Duft hatte und solange er es auf die anderen und auf sein Spiegelbild hatte projizieren können, hatte er sich um seinen Körper, um dessen sichtbares Älterwerden und die damit einhergehenden Veränderungen wenig Gedanken gemacht. Solange ihm der ihn kennzeichnende Duft erhalten geblieben war, dauerhaft, auf Wunsch erneuerbar – zeitlos sozusagen –, hatte er weder seine Kahlheit bemerkt noch seine Krähenfüße, auch nicht die Adern auf seinen Handrücken oder die knöchrigen Finger oder seinen gekrümmten Rücken. Die anderen übrigens auch nicht, durchzuckte es ihn, alle waren sie vom Bild seines Dufts und seiner olfaktorischen Form gefesselt gewesen. Weil er sich aber neuerdings gezwungen sah, mit seinem Vorrat an

Musk hauszuhalten und sparsam damit umzugehen, beschränkte sich seine bislang gleich bleibende olfaktorische Note jetzt auf die Konturen seiner fleischlichen Hülle, die Veränderungen unterworfen war – und sich leider erheblich verändert hatte. Zum ersten Mal seit unendlich langen Jahren sah sich Monsieur Eme mehr, als dass er sich roch. Und indem er sich sah, fühlte er sich alt. Wie Dorian Gray vor seinem Porträt, das er soeben zerstört hatte, verfiel er. Als ob die Zeit, die er solange und mit nachhaltiger Unterstützung von wohlriechenden Absonderungen in der Schwebe gehalten hatte, sich unvermittelt in Bewegung setzte und dies mit überhöhter Geschwindigkeit, um die verlorene Zeit wettzumachen. Und schon bald, in nicht einmal drei Jahren, wenn sein Vorrat an *Musk* erschöpft war, würde seine äußere Erscheinung seine olfaktorische Form vollends ablösen. Die anderen würden seinen einstigen Duft vergessen, und Monsieur Eme würde nichts weiter sein als ein alter Mann. Bald würde es seine olfaktorisches DNS sein, die sich unwiderruflich veränderte. Es war doch schon dabei, sich zu verändern. Und alles wegen eines geschäftstüchtigen Alchimisten, der sich an irgendwelche Multis verkauft hatte. Anzunehmen, dass Monsieur Eme, der lange Jahre hindurch seine Umwelt dadurch in Bann gezogen hatte, dass er ungehemmt und ohne zu überlegen seine weidlich mit Androsteron und *Musk* angereicherten Ausdünstungen verbreitete, ab sofort nur noch Angstschweiß absondern würde.

Obwohl er zutiefst beunruhigt war, warf Monsieur Eme nicht die Flinte ins Korn, sondern bemühte sich ab sofort, die anderen hinters Licht zu führen – ohne zu ahnen, dass denen das völlig egal war –, indem er seiner äußeren Erscheinung und Kleinigkeiten bei seiner Garderobe noch mehr Gewicht beimaß, um zu versuchen, die Vergänglichkeit seiner olfaktorischen Erscheinung durch einen verstärkt visuellen Eindruck zu kompensieren. Spitzfindig, wie er war, ging er sogar so weit, dass er ein bestimmtes Jackett, bei dem sein Schneider übersehen hatte, unter dem Revers diesen kleinen Steg anzubringen, der dazu gedacht ist, den Stängel einer ins Knopfloch gesteckten Blume zu sichern, nicht mehr anzog. Nicht dass sich Monsieur Eme für gewöhnlich eine Rose oder Nelke ins Knopfloch gesteckt hätte. Und nicht dass die anderen das Fehlen des besagten Stegs hätten sehen können. Sondern weil Monsieur Eme bereits darunter litt, was man allgemein als »Projektionseffekt« bezeichnet. Sein Serotoninspiegel war mit einem Mal Besorgnis erregend gesunken, und mit seinem angekratzten Selbstbewusstsein bildete er sich sofort ein, seine Umgebung würde ihn mit Röntgenaugen anstarren und den kleinsten Makel an seinem Äußeren wahrnehmen.

Die erste grosse Krise in Monsieur Emes fortgeschrittenem Alter war dies nicht. Aber niemals zuvor war er sich derart angegriffen und zugleich wehrlos vorgekommen. Wenn er in der Vergangenheit seine Verteidigung wanken sah, hatte er sich unwillkürlich auf seine Kunstfertigkeit als Spion berufen: eine Kunstfertigkeit, die ihm umso unangreifbarer erschien, als sie im Verborgenen blieb.

Während seiner Tätigkeit als Schattenkrieger hatte sich Monsieur Eme stets gesagt, dass er, egal, wie er auftrat und was die anderen davon halten mochten, immer *mehr* war, als er zu sein schien. Und diese felsenfeste Überzeugung, sich jeweils den äußeren Gegebenheiten anzupassen und parallel dazu einer anderen Welt anzugehören, die aus Schattenspielen bestand und aus Täuschungsmanövern, hatte ihm ein Gefühl der Überlegenheit gegenüber denen vermittelt, mit denen er täglich zu tun hatte, angefangen bei seinen Kollegen der UICF, denen, die nichts weiter waren als einfache Bedienstete eines Eisenbahnerkonsortiums. Über Jahre hinweg hatte Monsieur Eme die Gabe besessen, allgegenwärtig zu sein. Räumlich allgegenwärtig, was ihm erlaubte, sowohl am Sitz der UICF zu sein wie auch im Hauptquartier des Geheimdiensts am anderen Ende der Stadt, aber auch zeitlich allgegenwärtig. Denn die Welt der Spione besteht nicht nur aus Schattenspielen und Täuschungsmanövern, sondern darüber hinaus aus Entwürfen, Skizzen, Vorhaben und Planspielen, ist eine Welt, in der man die Zukunft entwirft und sie bereits lebt. Lange Zeit hatte Monsieur Eme im gleichen Maße der Zukunft angehört wie der Gegenwart und immer das Kommende vor Augen gehabt. Und wie eine schwangere Frau Kraft schöpft aus dem werdenden Leben, das sie in sich trägt, und in dem Bewusstsein über die Straße geht, nichts als hehre Gefühle zu wecken und wohlwollende Blicke zu ernten, war Monsieur Eme mit dem Bewusstsein jener durchs Leben gegangen, die in dem Wissen, dass sie die Zukunft in sich tragen, sich für unberührbar halten. Nur war er inzwischen kein Spion mehr.

Dennoch fuhr er fort, durch gelegentliches Übertreiben in seiner Kleidung sein Elend zu verschleiern. Bis es übermächtig wurde. Das erste sichtbare Zeichen seines Verfalls wurde offenkundig, als er eines Tages vergaß, seinen berühmten Schirm mitzunehmen. Nicht dass sich diese Vergesslichkeit als solche nachteilig ausgewirkt hätte, zumal sich das Wetter an diesem Tag von seiner besten Seite zeigte und Monsieur Eme sowieso niemals den Schirm aufspannte; vielmehr wirkte sie sich deshalb nachteilig aus, weil Monsieur Eme merkte, dass ihm das Gehen schwer fiel und er sich klar darüber wurde, dass sein Schirm zum Krückstock geworden war.

Dann kam der Tag, da er seine schwedischen Gymnastikübungen einstellte. Und der Tag, an dem er ohne Hut die Wohnung verließ. Und der Tag, an dem er willkürlich zu einer Krawatte sowie Socken griff, ohne sie mit Bedacht auszuwählen. Und der Tag, an dem er Unterhosen anzog, die nicht zum Oberhemd passten und nicht aus ein und demselben Material waren. Monsieur Eme vernachlässigte sich. Er vernachlässigte sich, so als wollte er seine äußere Erscheinung dem Bild angleichen, das er sich von sich selbst und somit auch von seiner reduzierten olfaktorischen Form machte. Und dann kam der Tag, an dem er befand, wie sinnlos dies alles eigentlich war. Er kam sich *aus der Bahn geworfen* vor, *entgleist*. Als Außenseiter jedweder Ordnung. Fernab der Ordnung des Universums, des Kosmos. Kosmos stammte, wie er wusste, aus dem Griechischen und bedeutete Ordnung. Und er wusste auch, dass sich Kosmetik – also Parfüm, also *Musk* – ebenfalls von Kosmos ableitete. Und ohne seine Kosmetik wusste Monsieur Eme nicht, wie er weiterhin kosmisch sein konnte. Ständig musste er sich dazu zwingen, sich zu spüren, um sich einzureden, dass er noch existierte. Und er gewöhnte sich die Unart an, an sich herumzuschnuppern. In aller Öffentlichkeit. Und weil ihn dies dann doch beschämte, ging er immer seltener aus, blieb immer häufiger zu Hause, wo es intensiv nach Moschus roch. Diesen Duft, dessen er sich in der Vergangenheit großzügig bedient hatte, um nach außen hin Eindruck zu machen und es mit der Welt aufzunehmen, behielt er von nun an für sich. Er war sein Kokon geworden.

UND INNERHALB DIESES Kokons entdeckte Monsieur Eme eines Tages in der Zeitung einen Artikel, dem zufolge sich der soziale Status der männlichen Kakerlake danach richtete, welchen Geruch sie absonderte. In diesem Artikel wurde ferner berichtet, dass es Wissenschaftlern gelungen sei, durch Manipulation der von diesen männlichen Kakerlaken abgesonderten Gerüche den sozialen Status besagter Tierchen anzuheben oder abzusenken und sie für die Weibchen dementsprechend mehr oder weniger attraktiv zu machen. Dass mehr Hydroxie-Butanon sich abträglich auf ein dominantes Männchen auswirke, während mehr Methylthiazolidin oder aber mehr Äthylmethoxyonhenol einem Paria Führungsqualitäten verleihe. Bei den Kakerlaken sei der Schlüssel zum Erfolg allem Anschein nach *2 Hydroxie-2 Butanon + 2 Methylthiazolodin + 4 Äthyl-2 Methoxyonhenol.* Bei Monsieur Eme war es Jahrzehnte lang *x* + 2 *Musk* gewesen. Mittlerweile lautete seine chemische Formel nur noch *x* + 2 *Musk*. Und bald nur noch *x*.

Über Jahre hinweg hatte Monsieur Eme mit den anderen – vor allem mit den Frauen – kraft dieser chemischen Formel kommuniziert. Sie war sein charakteristisches Merkmal geworden. Gehörte ganz einfach zu ihm. Monsieur Eme sah förmlich vor sich, wie die Kollegen von Alain Bertoux mit den Zutaten herumexperimentierten, die seine chemische Formel ausmachten, in bester Absicht natürlich und so, wie sie auch die Wissenschaftler beseelte, die die chemische Formel der männlichen Kakerlake manipulierten. Und ihm, der so gern in unverändertem Zustand bis zum Ende ausgeharrt und dann schlagartig von heu-

12

Dieser Verfall hielt über mehrere Monate hinweg an. Bis zu dem Tag, da Monsieur Eme befand, dass seine tägliche Ehrenbezeugung hinüber zum Friedhof Montparnasse nichts Erhabenes und auch nichts wirklich Überzeugendes mehr an sich hatte. Dass dies eine derart gedankenlose, derart automatische Geste geworden war, zu Bedeutungslosigkeit herabgesunken und eher ein kurzes Zucken des Arms denn ein mannhaftes Salutieren.

Es ist schwierig, genau zu sagen, was bei ihm zu dieser jähen Erkenntnis führte. Möglicherweise war sein Blick an jenem Morgen an der zwölften Grabreihe des Friedhofs hängen geblieben, dort, wo er seinerzeit seinen Vater zur letzten Ruhe gebettet hatte. Möglich, dass das Grab seines Vaters auch Erinnerungen an seinen Großonkel, Junggeselle wie er selbst, weckte. Oder aber es war die Etymologie des Begriffs *kosmetisch*. Jedenfalls ging irgendetwas in ihm vor. War es Gnade, die ihn unversehens gestreift hatte? Zum ersten Mal seit Monaten war er heiter. Ja, heiter. Und mit Eifer ging er daran, seine schwedischen Leibesübungen wieder aufzunehmen. Er tat sogar noch mehr an jenem Tag. Er sang unter der Dusche und kleidete sich mit größter Sorgfalt an. Ein wenig zu sorgfältig, um der Wahrheit die Ehre zu geben, denn an jenem Morgen legte er im wahrsten Sinne des Wortes seinen Sonntagsstaat an, was direkt ein wenig protzig wirkte und so, als wäre für ihn eine Zeit der Entbehrung zu Ende gegangen. Vor allem aber – vor allem – benetzte sich Monsieur Eme ausgiebig und bedenkenlos mit *Musk*. Dann verließ er seine Wohnung, den Hut auf dem Kopf und den Schirm in der Hand.

NACHDEM ER AN seinem gewohnten Tisch in der Rotunde gefrühstückt hatte, suchte er reihum die Immobilienmakler im Quartier auf, bis er, neben dem Hôpital Cochin, den fand, der ihm zusagte. Das Schaufenster der Firma Evrard & Sohn (gegründet 1945) war gespickt mit holzgerahmten Inseraten in gotischen Buchstaben auf gelblichem Papier, was ihnen ein mittelalterliches Aussehen gab. Nichts dagegen einzuwenden. Nicht einmal die wie auf Pergament gemalte Umrandung und das rote Wachssiegel dieser GmbH fehlten. Die Wände im Inneren waren in Eiche getäfelt, der Fußboden mit steingrauen Linoleumfliesen belegt. Hinten im Raum sah man einen einzelnen Herrn, vermutlich Evrard Sohn, an einem ausladenden neugotischen Schreibtisch sitzen. Über allem lag eine Atmosphäre der Stille und des Willkommenseins. Wie in einer erleuchteten Kapelle kam man sich vor – zumal dem Unternehmen ein Bestattungsinstitut angegliedert war. In weiser Voraussicht. Denn dieses Immobilienbüro war kein Immobilienbüro wie viele andere. Diese Agentur hier war auf Geschäfte auf der Basis von Leibrenten spezialisiert. Daher die strategisch günstige Lage des Unternehmens unweit des Krankenhauses, um die, die häufig ins Cochin kamen, daran zu erinnern, dass man gegen die Unbill des Schicksals niemals gefeit ist und die redlichen Bemühungen der Ärzte jede Menge Geld verschlingen. Deshalb auch dieses religiös angehauchte Ambiente: um nämlich den potenziellen Käufern zu suggerieren, dass die Verkäufer bereits mit einem Fuß im Grab standen und dass es von der Unterschrift auf dem Verkaufsvertrag bis zum Empfang der Sterbesakramente nur ein Schritt war.

Als Monsieur Eme auf den Schreibtisch zuging, spürte er förmlich, wie der Geschäftsführer ihn taxierte, dass er offenbar versuchte, sein genaues Alter zu erraten und seine statistische Lebenserwartung zu errechnen. Erst als sich Evrard Sohn einen Eindruck von seinem Besucher verschafft hatte, verbeugte er sich langsam – so groß und hager, wie er war, war sein Schädel kahl und spitz zulaufend – und streckte Monsieur Eme ebenso langsam eine feuchtkalte Hand entgegen, die ganz seiner grünlichen Gesichtsfarbe entsprach. Monsieur Eme, der nicht wusste, ob er guten Tag, Monsieur, sagen sollte oder Friede sei mit dir, murmelte etwas Unverständliches und nahm auf dem Stuhl Platz, den man ihm anbot.

Evrard Sohn redete ebenso langsam, wie er sich bewegte. Als Antwort auf die Frage, inwiefern er behilflich sein könne, rückte Monsieur Eme damit heraus, dass er sich mit der Absicht trage, seine Wohnung am Boulevard Edgar Quinet auf der Basis einer Leibrente zu verkaufen. Nachdem Evrard Sohn sich ausgiebig Zeit genommen hatte, eine neue Akte anzulegen und alle seiner Ansicht nach erforderlichen Informationen aus Monsieur Eme herauszuholen, fasste er zusammen, dass dieser demnach seit seinem zehnten Lebensjahr in einem schönen Fünfzimmerappartement von hundertfünfzig Quadratmetern wohne, in einem Haus in guter Lage und solider Bauweise. Ein Appartement, dessen Wert Evrard Sohn in seiner Eigenschaft als Immobilienmakler auf drei Millionen bezifferte, wohingegen, wie er gleich darauf in seiner Eigenschaft als Spezialist für Verkäufe auf Leibrente feierlich erklärte, Monsieur Eme in Anbetracht seines jugendlichen Alters *(sic!)* mit einer Abschlagszahlung von fünfhunderttausend Franc sowie einer monatlichen Leibrente von fünftausendneunhundert Franc rechnen könne. Aber im Gegensatz zu Evrard Sohn hatte es Monsieur Eme eilig und sagte, er würde sich auch mit weniger zufrieden geben, wenn nur die Angelegenheit rasch durchgezogen werden könne. Worauf ihm Evrard Sohn versprach, sein Möglichstes zu tun, sich dann wieder langsam in die Höhe schraubte und ebenso langsam Monsieur Eme zur Tür begleitete, um ihn im Frieden des Herrn ziehen zu lassen.

Mochte Evrard Sohn in seinen Bewegungen auch langsam sein, im Handeln jedenfalls war er schnell. Zwei Tage später bereits rief er Monsieur Eme an und teilte ihm mit, er habe einen seriösen Kunden, der das Objekt zu besichtigen wünsche. Jetzt war es Monsieur Eme, der den Makler mit Fragen bestürmte. Alles wollte er über den potenziellen Käufer wissen. Und als er erfuhr, dass es sich um ein junges Ehepaar mit Säugling handelte, sagte er nein – nein, er sei nicht interessiert. Evrard Sohn war überrascht, fand sich aber damit ab und begab sich erneut auf die Suche. Als aber auch zwei weitere Kunden, die er für das Projekt erwärmen konnte – beides wiederum Ehepaare –, von Monsieur Eme der Reihe nach abgelehnt wurden, ohne dass er sie überhaupt gesehen hatte, kamen ihm leise Zweifel.

»Was genau suchen Sie eigentlich?«, fragte er Monsieur Eme, als dieser eines Tages in der Agentur vorbeikam.

Als Monsieur Eme daraufhin sagte, er würde seine Wohnung bevorzugt einem Junggesellen überlassen, fragte sich Evrard Sohn, ob sein Kunde einen Käufer auf Leibrente suchte oder aber jemanden zur Gesellschaft oder einen Gefährten und ob er vielleicht nicht alle Tassen im Schrank hätte. Noch ehe er jedoch diese Vermutungen eingehend durchdacht hatte, überreichte ihm Monsieur Eme einen Scheck als Anzahlung auf die ihm zustehende Provision. Dieser Scheck erinnerte Evrard Sohn daran, dass der Kunde, verrückt oder nicht, König war. Und setzte seine Suche fort.

Zwei Wochen später legte er Monsieur Eme die Unterlagen von drei Kandidaten vor. Drei Junggesellen, Monsieur Eme – zwei Männer und eine Frau. Da er die Präferenzen seines Klienten nicht genau kenne, habe er beide Geschlechter berücksichtigt. Monsieur Eme erwiderte, dass er sich freuen würde, wenn sie – getrennt und die beiden Herren zuerst – zu einer Wohnungsbesichtigung erschienen. Evrard Sohn atmete durch. Einen Augenblick lang spielte er mit dem Gedanken, Monsieur Eme zu fragen, warum er sicher sei, dass diese Junggesellen Junggesellen bleiben würden. Aber er tat nichts dergleichen. Er hatte nicht die Absicht, das Huhn, das goldene Eier legt, zu schlachten.

Die sich anschliessenden Besichtigungen des Appartements von Monsieur Eme wurden für Evrard Sohn, der schon so einiges erlebt hatte, zum Kuriosum seines langen Berufslebens schlechthin. Der Käufer musterte eingehend die Wohnung, der Verkäufer musterte eingehend den Käufer, und Evrard Sohn vergaß alles Geschäftsgebaren und musterte eingehend den Verkäufer, der eingehend den Käufer musterte.

Der erste Kandidat, ein gewisser Christian Clair, war um die dreißig, trug einen gut sitzenden, wenngleich tristen mausgrauen Anzug und übte den tristen Beruf eines Anwalts aus. Das Appartement interessierte ihn weniger, auch der Raumaufteilung schenkte er kaum Aufmerksamkeit, ebenso wenig wie der Ausstattung und dem Zustand des Parketts oder den Sanitär- und Elektroinstallationen. Stattdessen stellte er präzise Fragen zu Steuern, Nebenkosten, tragenden Wänden, zum Haus selbst und der Umgebung. Auch für Monsieur Eme interessierte er sich eingehend, wollte wissen, welchen Beruf er ausgeübt habe (zweifellos, sagte sich Letzterer, um die die Gesundheit beeinträchtigenden Berufsrisiken abzuschätzen, denen er möglicherweise ausgesetzt gewesen war, etwa im Kohlebergbau oder in einem asbestverseuchten Umfeld) und wie es um seine Familie bestellt sei (zweifellos, um dadurch etwas über seine Erbanlagen zu erfahren). Aus all dem zog Monsieur Eme für sich den Schluss, dass dieser Monsieur Clair ein Investor sein musste und höchstwahrscheinlich die Wohnung, sobald sie frei wurde, renovieren und dann weiterverkaufen oder vermieten würde.

Auf Monsieur Clair folgte ein Chefkoch namens François Becker. Monsieur Becker war gut und gern zehn Jahre älter als Monsieur Clair und so farbenfroh gekleidet wie Monsieur Clair grau in grau gewesen war. Von Anfang an war Monsieur Eme eingenommen von seiner stattlichen und eleganten Erscheinung. Monsieur Becker hatte sich bei ihm in einem gut geschnittenen dreiteiligen Anzug mit großem braun-weißen Hahnentrittmuster vorgestellt, unter dem er ein blassrosa Hemd mit rundem Kragen und weißen Manschetten trug. Auf den zweiten Blick musste sich Monsieur Eme allerdings eingestehen, dass François Becker nicht unbedingt das war, was man als elegant bezeichnen konnte. Die Taschenklappen seines auf vier Knöpfe gearbeiteten Jacketts – statt auf zwei oder drei, wie es ungeschriebenes Gesetz war – waren schräg angeschnitten; auch seine Brusttasche wies überraschenderweise eine Klappe auf; seine Weste, über die sich die Kette einer Taschenuhr spannte, war mit einem umgelegten Kragen versehen, der in etwa dem des Jacketts entsprach; die Knopflöcher unten an den Ärmeln waren zum Teil nicht geschlossen – für Monsieur Becker wohl ein nachdrücklicher Hinweis darauf, dass sein Jackett eine Maßanfertigung war; und seine Hose, die bereits um die Taille herum eng war, verlief in zwei schmalen Röhren nach unten und saß ohne Aufschlag auf braunen Stiefeletten auf. Und erst der Krawattenknoten, den Monsieur Eme zunächst für einen einfachen Knoten gehalten hatte und der nur scheinbar ein einfacher war. In Wirklichkeit handelte es sich um eine so genannte *Polypenschlinge*, wie Rudolph Valentino sie publik gemacht hatte, um einiges schwieriger zu knüpfen. Nein, François Becker war mitnichten ein eleganter Mann. Er kleidete sich, um aufzufallen, während der wirklich elegante Mann seine Kleidung so wählt, dass er damit kein Aufsehen erregt. François Becker war sozusagen ein Dandy. Was sich im Verlauf seines Besuchs bestätigte. Im Gegensatz zu Monsieur Clair interessierte er sich weder für Steuern noch Nebenkosten, noch für die Umgebung der Immobilie. Bei der Inaugenscheinnahme der Wohnung konzentrierte er sich umso mehr auf das Mobiliar – vor allem auf den Chippendale-Sekretär und das zweisitzige kleine Louis-XV.-Sofa –, mehr auf die Vorhänge und Teppiche als auf Wände und Parkett. So als wollte er die Wohnung nicht auf Leibrente erwerben, sondern sie möbliert mieten. Vor allem das Ankleidezimmer schien es ihm angetan zu haben. Er war so taktvoll, kein Wort über die Garderobe von Monsieur Eme zu verlieren – obwohl dieser den Eindruck hatte, dass sie ihm gefiel –, blieb aber bewundernd vor den großen Schränken und Regalen aus gefirnisstem Birnbaum stehen, öffnete völlig ungeniert das Schuhschränkchen aus Buchenholz, strich über die Charles-X.-Kommode, ließ die Finger spielerisch über die hölzernen Lamellen der breiten Jalousien vor den verglasten und neuerdings abgeschotteten Balkontüren gleiten und begutachtete sich ausgiebig in den sich reflektierenden mannshohen Spiegeln, von vorn, im Profil, von hinten. Monsieur Eme konnte sich des Eindrucks nicht erwehren – war sich aber auch nicht ganz sicher –, dass Monsieur Becker unauffällig den Duft von *Musk* einsog, der im Raum hing. Jedenfalls und ungeachtet dessen, dass Monsieur Eme François Becker ein klein wenig affektiert fand, sagte er ihm weit mehr zu als der erste Kandidat.

Der dritte Kandidat war eine Kandidatin, Julie Laporte, die im Büro eines Ministeriums arbeitete. Die spröde wirkende Vierzigjährige trug das Haar zu einem Knoten am Hinterkopf zusammengefasst und erschien in einem dunkelblauen Kostüm ohne jeglichen Schnickschnack, was die Unnahbarkeit, die sich auf ihren zarten und gut geschnittenen Gesichtszügen ausdrückte, nur noch unterstrich. Eine Karrierefrau. Was verblüffte, war das leuchtende Rot ihrer Fingernägel, das im Widerspruch zu ihrer sonstigen Erscheinung stand und sie urplötzlich in einem anderen Licht erscheinen ließ. Ihrem Äußeren nach eine Schizophrene. Monsieur Eme mutmaßte, dass Julie Laporte in ihren flachen Schuhen kleine wohlgepflegte und gut lackierte Zehen verbarg und unter ihrem militärisch strengen Kostüm ausgesucht raffinierte Unterwäsche. Eine Frau, die ihre Hüllen fallen lassen musste, um sich zu ergeben. Eine Frau, bei der die Barriere zwischen öffentlichem und Privatleben nicht eine Frage der Uhrzeit war, sondern eine Frage der Kleiderschichten. Bestimmt schläft sie mit ihrem Minister, sagte sich Monsieur Eme. Und er sagte sich auch, dass

Julie Laporte eine kleine Erbschaft gemacht haben musste – oder aber ihr ministerieller Liebhaber steckte ihr etwas zu – und dass sie nunmehr in weiser Voraussicht ein Nest für ihre alten Tage suchte.

Die Angebote der drei Kandidaten, die es geschafft hatten, von Monsieur Eme empfangen zu werden, ergaben, dass das von Julie Laporte um zehn Prozent höher lag als das von Christian Clair und um zwanzig Prozent höher als das von François Becker. Dabei hatte Monsieur Eme längst beschlossen, seine Wohnung nicht dem Anwalt Clair zu überlassen. Jetzt schwankte er noch zwischen dem Koch und der Bediensteten des Ministeriums.

Becker sagte ihm durchaus zu; er würde sich bestens hier einfügen, ohne allzu viel zu verändern. Und das Dandyhafte fand er ganz amüsant. Im Verlauf seiner eingehenden Studien in Sachen Parfüms und Düfte hatte Monsieur Eme nämlich in Erfahrung gebracht, dass die Dandys nach dem 9. Thermidor des Jahres II der Revolution als *muscadins* bezeichnet worden waren, und diese etymologische Nähe zu seinem *Musk* war bestechend. Außerdem war Monsieur Becker Chefkoch, und Monsieur Eme wusste um die enge Verbindung zwischen der Kunst der Parfümherstellung und der Gastronomie. Andererseits stieß sich Monsieur Eme mit den für seine Generation typischen Vorurteilen doch ein wenig an der Affektiertheit dieses François Becker, und da er meinte, darin ein Anzeichen für Homosexualität zu erkennen, kamen ihm Zweifel hinsichtlich Gesundheit und Lebenserwartung dieses Kandidaten.

Es trifft zu, dass bei Immobiliengeschäften auf Leibrente normalerweise der Käufer dazu neigt – häufig zynisch, gelegentlich verschämt –, den Verkäufer ganz genau unter die Lupe zu nehmen, um über den Daumen gepeilt abzuschätzen, wie viele Jahre der noch lebt, und dann zu überschlagen, was dies für ihn finanziell bedeutet. Im vorliegenden Fall war es jedoch der Verkäufer, der sich um die Lebenserwartung seines Käufers Gedanken machte. Dass kurz gesagt und wider alle Erwartungen diesmal der Verkäufer dem Käufer ein langes Leben wünschte.

Die Logik und die Statistiken sprachen eigentlich zu Gunsten von Julie Laporte. Das Gefühl andererseits für François Becker. Noch war sich Monsieur Eme unschlüssig, sagte sich dann aber, dass er jetzt, da er alle Ungewissheiten aus seinem eigenen Leben ausgeschlossen hatte, sich zum Ausgleich durchaus damit abfinden könne, jedwede Bedenken beiseite zu schieben und das Leben von François Becker dem Zufall zu überlassen. Dementsprechend und trotz der doch recht beträchtlichen Unterschiede in den finanziellen Offerten teilte Monsieur Eme einem Mitarbeiter von Evrard Sohn mit, dass er seine Wohnung an den Interessenten mit dem niedrigsten Kaufangebot zu verkaufen gedächte. Evrard Sohn hätte gern Einspruch erhoben, aber dazu gab ihm Monsieur Eme keine Gelegenheit. Die Angelegenheit sei geklärt.

13

Erst nachdem der Verkauf über die Bühne gegangen und von Monsieur Becker gegengezeichnet worden war, richtete Monsieur Eme sein Augenmerk auf die Umsetzung des zweiten Teils der Strategie, auf die er sich festgelegt hatte.

Dieser zweite Teil ging bei einem Bildhauer vonstatten, dessen Name auf einer ihm von Eve überlassenen Liste anerkannter Bildhauer stand, die auf Bestellung arbeiteten. Und es war kein Zufall, dass Monsieur Emes Wahl unter all den Namen auf Eves Liste auf den fiel, der sich als Einziger angelsächsisch anhörte, wobei er allerdings hoffte, dass es sich diesmal um einen Amerikaner handelte. Weil seines Erachtens für das, was ihm vorschwebte, ein Amerikaner mehr Verständnis aufbringen würde. Nach dem, was er bei Evelyn Waugh oder Bret Harte gelesen hatte, war diese Annahme jedenfalls nicht abwegig. Also drückte er die Daumen, dass besagter John Ecclestone ein wahrer John Ecclestone sein möge und nicht das Pseudonym irgendeines französischen Künstlers.

Nun, da alles Geschäftliche mit der Wohnung ordnungsgemäß geregelt war, rief Monsieur Eme also bei

Monsieur John Ecclestone an und atmete erleichtert auf, als sich jemand mit angelsächsischem Akzent meldete. Zudem bestätigte Monsieur Ecclestone, dass er sehr wohl Amerikaner sei, und verabredete sich mit Monsieur Eme bereits für den nächsten Tag in seinem Atelier im fünfzehnten Arrondissement.

Das Atelier des Bildhauers lag an einem gepflasterten Hof hinter einem Gebäude an der Place du Commerce und vermittelte eine Atmosphäre, die weniger von Kunst und Inspiration und mehr von Schwerarbeit und groben Gesteinsbrocken geprägt war. Monsieur Eme war begeistert. Umso mehr, weil Monsieur Ecclestone, der in der Handhabung von Bronze ebenso bewandert zu sein schien wie im Umgang mit Marmor, allein schon von seinem Aussehen her in diese Umgebung passte. Was sich Monsieur Eme vorstellte, erforderte in der Tat jemanden, der mit beiden Beinen auf der Erde stand und den Kopf auf den Schultern trug. Jedenfalls sagte sich Monsieur Eme, dass er mit Monsieur Eccleston einen guten Griff getan hätte. Bei ihm brauchte er nicht lange um den heißen Brei herumzureden, wie er das bei einem französischen Künstler getan hätte.

»Ich möchte eine Bronze von mir anfertigen lassen«, sagte er zu dem Bildhauer. »Eine Bronze von mir in einem dreiteiligen Anzug, den Hut mit der linken Hand an die Brust gedrückt – so – und den Schirm in der rechten Hand – so.«

Wenn Monsieur Ecclestone belustigt war, so ließ er

es sich nicht anmerken. Eingehend musterte er seinen Besucher, der nicht sonderlich groß war, dann beschränkte er sich darauf, ihn zu fragen, ob er nicht finde, sein Filzhut mache sich besser auf dem Kopf als an der Brust – dies, fügte er hinzu, würde die Statue optisch verlängern, ohne die Proportionen zu verändern.

»Der Hut auf dem Kopf, nein, das würde meinen Vorstellungen nicht entsprechen«, erwiderte Monsieur Eme. »Denn eigentlich denke ich weniger an eine *Statue.*«

»An was denn dann?«, fragte der Bildhauer.

Monsieur Eme musste sich erst einmal räuspern. »Sie als Amerikaner«, meinte er schließlich, »werden bestimmt verstehen ...« Und wieder legte er eine Pause ein.

»Was mir vorschwebt, Monsieur Ecclestone«, sagte er dann, »ist ein Gisant!«

»Ein *Gisant*?«, wiederholte der Bildhauer.

Monsieur Eme wusste nicht genau den Grund für diese Rückversicherung zu deuten, das heißt, ob der Amerikaner sein Ansinnen als solches sehr wohl verstanden hatte oder ob er des Französischen nicht allzu mächtig war. Er entschied sich für Letzteres und wiederholte: »Ja, einen Gisant, eine liegende Plastik ... das Abbild eines Toten, wie es einen Sarkophag zieren könnte ... Wie im Mittelalter ... Wie für die Ritter ...« Beinahe hätte er gesagt: wie für die Könige.

Und als der andere weiterhin schwieg, fügte er hinzu:

»Sie als Amerikaner sind doch mit all diesen Beisetzungsriten vertraut ... Soviel ich weiß, ist das jenseits des Atlantiks ja eine regelrechte Industrie ...«

»Vor allem an der Westküste.« Der Bildhauer grinste. »Ich selbst komme von der Ostküste. Aus New York. Und meine Eltern stammen aus Mitteleuropa ... Aber ich weiß genau, was Sie meinen, und ich halte das für eine ausgezeichnete Idee. Sehr originell. Ich bin gern bereit, diesen ... Gisant für Sie anzufertigen, wenn Sie mir Ihr Vertrauen schenken. Nur frage ich Sie, ob es dafür nicht noch ein wenig zu früh ist. Sie sind doch noch relativ jung und allem Anschein nach bei bester Gesundheit!«

»Das ist richtig«, pflichtete Monsieur Eme bei. »Eilig ist es nicht ... Aber ich habe keine Angehörigen und möchte deshalb beizeiten alles Notwendige selbst in die Wege leiten. Sie verstehen ... dann braucht man nicht mehr daran zu denken.«

Monsieur Ecclestone verstand durchaus.

»Und warum eigentlich keine Statue?«, hakte er dann nochmals nach.

»Von einer Statue möchte ich absehen«, sagte Monsieur Eme. »Ich habe im Laufe meines Lebens nichts sonderlich Bemerkenswertes vollbracht«, fügte er hinzu und dachte an seine verdeckte Tätigkeit als Spion, »und dementsprechend sollte der Rahmen gewahrt bleiben ... Nein, es geht mir mehr um eine Spur ... Ja, eine Spur von mir. Eine dauerhafte Spur, die aber dennoch nicht zu aufdringlich ist.«

Auch dafür hatte Monsieur Ecclestone volles Verständnis. Er insistierte nicht.

»Wie lange wird so etwas dauern?«, fragte Monsieur Eme.

»Rechnen Sie mit neun bis zwölf Monaten, je nachdem, wie aufwendig der steinerne Unterbau gestaltet werden soll, auf den die Bronze gesetzt wird.«

»Ich dachte an einen Gisant unmittelbar auf dem Boden, das heißt nur auf einer flachen Steinplatte.«

»Verstehe ... In diesem Fall dürfte der Hut Probleme bereiten ... Wenn Sie wünschen, dass der Gisant unmittelbar auf dem Boden aufliegt«, fügte er hinzu, wobei er sich an die Ausdrucksweise seines Gesprächspartners hielt, »dann könnte es sein, dass durch die Erhöhung durch den Hut an der Brust die Harmonie insgesamt beeinträchtigt wird.«

Schade, befand Monsieur Eme für sich, auf seinen Hut hatte er eigentlich nicht verzichten wollen. Aber dann beugte er sich doch dem Rat des Künstlers und sagte sich, dass das, was für einen eleganten Mann unabdingbar ist, nicht zwangsläufig auch für einen Gisant unabdingbar ist.

»Außerdem muss ich mir einen Eindruck von den Örtlichkeiten verschaffen«, sagte Monsieur Ecclestone. »An welchen Standort haben Sie gedacht?«

»Montparnasse«, sagte Monsieur Eme, bemüht, das Wort Friedhof zu vermeiden.

Wie Monsieur Ecclestone, der auf den Begriff Unterbau ausgewichen war, anstatt Grab zu sagen, war Monsieur Eme darauf bedacht, den geschäftsmäßigen Gesprächston beizubehalten.

»Dann sollten wir uns, wenn es Ihnen recht ist, dort mal umsehen«, schlug der Bildhauer vor. »Ich denke an eine Abbildung, die um das Eineinhalbfache größer ist als das Original. Eine maßstabsgetreue Abbildung erscheint mir zu klein. Es würde ihr an Ausstrahlung fehlen. Doppelt so groß wäre dagegen *over the top*, wie man bei uns sagt. Ein wenig zu viel.«

»Werde ich … Modell stehen müssen?«, fragte Monsieur beklommen.

»Wenn es Sie nicht zu viel Überwindung kostet. Für das Modell aus Ton kommt es mir auf die genaue Übereinstimmung mit dem Original an. Besonders was den Anzug und den Schirm anbelangt. Rechnen Sie mit etwa zwanzig Sitzungen von jeweils zwei Stunden.«

»Und … der Preis?«

Der Amerikaner überschlug kurz und nicht ohne dabei den Kopf von rechts nach links und von links nach rechts zu bewegen, was er seinem Auftraggeber berechnen konnte. Eine Kalkulation, die die Materialkosten sowie den erforderlichen Zeitaufwand berücksichtigte, aber auch den Bekanntheitsgrad des Künstlers und die Vorstellung, die er sich von den finanziellen Mitteln seines Kunden machte. »So etwa zwischen zwei- und dreihunderttausend Franc«, sagte er schließlich.

Monsieur Eme deutete mit einem Nicken an, dass er mit diesem Kostenvoranschlag einverstanden war, erhob sich, drückte Monsieur Ecclestone die Hand und verließ das Atelier des Künstlers in dem beruhigenden Gefühl, den zweiten Teil seiner Strategie erfolgreich eingefädelt zu haben.

14

Bereits einen Tag nach seinem Besuch bei Monsieur Ecclestone begab sich Monsieur Eme in die Rue Froidevaux, zum Bestattungsunternehmen Zink (ja, mit k), das ihm von einem bereits einige Zeit zurückliegenden Erkundungsgang her noch in Erinnerung war. Damit packte er den dritten Teil seines Plans an.

»Kann ich etwas für Sie tun?«, fragte der junge Mann, der auf ihn zukam, in einem Tonfall, der die Frage in eine bejahende Antwort umkehrte und dabei so gesetzt und begütigend war wie der aller Bestattungsunternehmer gegenüber denen, die völlig gebrochen bei ihnen aufkreuzen.

»Es handelt sich um ein Begräbnis«, erwiderte Monsieur Eme, womit er seinem Gegenüber nicht unbedingt etwas Neues sagte.

Der Leichenbestatter nahm nochmals Anlauf.

»Für einen nahen Verwandten?«, fragte er im gleichen gesetzten Tonfall.

»Nein … Für mich.«

Der Leichenbestatter entspannte sich sichtlich und sah von seinem gesetzten Tonfall ab. Verhandlungen über einen Todesfall zu führen, der noch auf sich warten ließ, bedingte offensichtlich eine andere psychologische Vorgehensweise. »Sie interessieren sich demnach für unseren Vorsorgeplan«, stellte er fest.

Monsieur Eme, der noch nie etwas von einem Vorsorgeplan gehört hatte, sagte dennoch ja. Worauf der junge Mann pflichtschuldigst versuchte, ihn für die Investition in eine Grabstelle zu erwärmen. Mit unbegrenzter Konzession, Monsieur. Oder aber eine mit beschränkter Laufzeit. Auf einem Friedhof Ihrer Wahl. In Paris oder außerhalb. Die Firma Zink, Monsieur, unterhält beste Kontakte zu allen großen Gemeindebezirken, ebenso wie zum hohen Klerus.

Aber Monsieur Eme hörte nur mit halbem Ohr zu. Sein Vater hatte vor mehr als einem halben Jahrhundert zwei getrennte, aber doch nebeneinander liegende Grabstellen in Montparnasse erworben, in der Hoffnung, dass seine Frau, die ihn sehr bald verlassen hatte, zu guter Letzt zurückkommen und an seiner Seite ihre letzte Ruhe finden würde. In der Absicht, sie als Toter nicht zu etwas zu zwingen, wozu er sie zu seinen Lebzeiten nicht gezwungen hatte, war er, und dies ungemein taktvoll, in den Verfügungen zu seinem Begräbnis nach dem Schema der getrennten Schlafzimmer vorgegangen, die ihr kurzes gemeinsames Leben gekennzeichnet hatten. Trotz dieser Rücksichtnahme hatte die Mutter von Monsieur Eme seit ihrem Auszug aus der ehelichen Wohnung niemals wieder von sich hören lassen, ob sie nun noch lebte oder bereits tot war. Sie war sang- und klanglos verschwunden, spurlos, und ihr Platz am Montparnasse war leer geblieben. Dementsprechend erklärte Monsieur Eme dem Leichenbestatter, dass für die Grabstelle bereits gesorgt sei.

»Dann sind Sie also wegen des Arrangements hier.«

»Wegen des *Arrangements*, ganz recht. Es geht mir weniger um Immobiles, sondern um Mobiles – um das Mobile und, sagen wir, den *Umzug*.«

Der Leichenbestatter quittierte diese Umschreibung mit einem höflichen Lächeln und ging dann mit seinem Kunden einen Katalog nach dem anderen durch, klärte ihn zwischendurch über die verschiedenen Optionen und Kreditraten auf, die das Unternehmen anzubieten hatte.

Monsieur Eme wählte die beiden teuersten Optionen aus. Er würde sie sich in aller Ruhe zu Hause durchlesen, sagte er und fügte hinzu, dass er bar zu zahlen gedenke und alles so bald wie möglich unter Dach und Fach zu bringen wünsche. Sofort stieg er in der Wertschätzung des Leichenbestatters, der darüber völlig die Abfuhr vergaß, die er sich bei der Vermittlung einer Grabstätte eingehandelt hatte. Diesen Moment wählte Monsieur Eme, um ihm die Frage zu stellen, die ihm auf der Seele brannte:

»Wie ich sehe, haben Sie auch Einbalsamierungen im Angebot«, sagte er. »Wäre es möglich, den … Einbalsamierer kennen zu lernen?«

Der Einbalsamierer war, wie sich herausstellte, eine Einbalsamiererin, die aber leider im Augenblick nicht zugegen war, da sie nur halbtags bei der Firma Zink arbeitete. Nachmittags dagegen, so der junge Leichenbestatter, würde Monsieur Eme Mademoiselle Jacqueline hier antreffen.

15

Als Monsieur Eme am frühen Nachmittag abermals beim Bestattungsunternehmen vorstellig wurde, parkte gerade ein dicker Volvo mit einer Person von ebenso beeindruckenden Ausmaßen am Lenkrad direkt vor der Firma Zink ein, an einer Stelle, die geschmackloserweise mit *Anlieferungen* gekennzeichnet war. Sofort wusste Monsieur Eme, dass es sich nur um Mademoiselle Jacqueline handeln konnte. Dieser wie ein Krankentransporter anmutende Volvo ließ keinen anderen Schluss zu. Und er behielt Recht. Mademoiselle Jacqueline war Einbalsamiererin, hätte mit ihrem weiten Kittel aber ebenso gut Krankenschwester sein können, Maniküre, Kosmetikerin oder Kinesiotherapeutin: eine Klinikerin eben. Darüber hinaus verfügte sie sowohl über das entsprechende Äußere wie auch über das Alter, das heißt, man sah es ihr nicht an. Und wie alle ihre Artgenossinnen besaß Mademoiselle Jacqueline nur einen Vornamen. Neben einem Titel, der sich auf ihren beruflichen Status und weniger auf ihren Familienstand bezog.

Mademoiselle Jacqueline war eine freischaffende Einbalsamiererin, als die sie für drei Pariser Bestattungsunternehmen gleichzeitig arbeitete – am Montparnasse, in Passy und am Père-Lachaise –, und da sie mit Einbalsamierungsaufträgen nicht ausgelastet war – Frankreich hinke weit hinter anderen Ländern wie beispielsweise Amerika her, beklagte sie sich bei Monsieur Eme –, übte sie daneben auch den Beruf einer Physiotherapeutin aus. Wie sie Monsieur Eme erklärte, der entgegen seiner Überzeugung, ihr müsse zwangsläufig der Geruch von Formaldehyd anhaften, nur den Duft von Holz und Kampfer ihres Patschuli erschnupperte, seien Massagen bei Toten ebenso wichtig wie bei Lebenden. Wichtiger sogar. Bestehe doch bei den Lebenden immer noch die Möglichkeit, einen Fehler zu beheben, während man bei den Toten nur eine einzige Chance habe und nichts falsch machen dürfe. Alles sei eine Frage des *timing*, sagte sie zu Monsieur Eme, der im Verlauf des Gesprächs erfuhr, dass im Gegensatz zu seiner bisherigen Annahme der *rigor mortis*, die Totenstarre, nicht von Dauer war, sondern lediglich ein Muskelkrampf, der, wenn rechtzeitig behandelt, also ehe er sich für immer verhärtete, wegmassiert und gelockert werden konnte. Wenn jemand eines gewaltsamen oder aber qualvollen Todes sterbe, sei es durchaus nicht so, dass er seine vor Schmerz verzerrte Miene im Tod beibehalten müsse, führte Mademoiselle Jacqueline aus. Mit einer Gesichtsmassage zur Entkrampfung der

Muskeln und durch anschließendes Auftragen von etwas Schminke der rosigeren Gesichtsfarbe wegen könne Mademoiselle Jacqueline das Aussehen eines Toten zu seinen Gunsten verändern. Mademoiselle Jacqueline beschäftigte sich in der Tat ebenso intensiv mit dem Aussehen der Dahingeschiedenen wie mit ihrer Einbalsamierung. Denn, fügte sie noch hinzu, was nütze einem eine gut konservierte Leiche, wenn sie die Stigmata der letzten qualvollen Momente auf dieser Erde beibehalte?

Monsieur Eme war ganz ihrer Meinung. Und da sie nun schon mal auf das Einbalsamieren zu sprechen gekommen waren, wollte er wissen, welche Bedeutung den Parfüms bei dieser speziellen Technik zukomme. Für ihn stand die Antwort bereits fest, aber er wollte sie aus dem Mund von Mademoiselle Jacqueline vernehmen, und umso glücklicher war er, als sie sagte, für sie nähmen sie eine herausragende Stelle ein. Zumal die Klinikerin bestätigte, was er irgendwo gelesen hatte, dass nämlich im Mittelalter Parfüm »Balsam« genannt wurde, abgeleitet von dem lateinischen *balsamus*. Einbalsamieren, schloss sie, bedeute demnach parfümieren.

Mehr wollte Monsieur Eme gar nicht wissen. Aber die klinisch Versierte war in Fahrt gekommen und nicht mehr zu bremsen. Die alten Ägypter, holte sie aus, hätten beim Einbalsamieren an wohlriechenden Essenzen nicht gespart, und unendlich lange Zeit über seien Parfüms und Kosmetik nur für sakrale Zwecke verwendet worden. Später seien es dann die Griechen gewesen, die sich ihrer als Erste zu profanem Gebrauch bedient hätten.

Monsieur Eme war hingerissen. Er war ein Grieche aus uralter Zeit. Er war ewig. Der Tod seines *Musk*-Parfüms hatte ihn tief getroffen. Aber jetzt wusste er, dass er durch seinen eigenen Tod und durch seine Einbalsamierung aufs Neue und für immer in Moschusparfüm baden und dadurch zu der kosmischen Harmonie zurückfinden würde, an der es ihm gegenwärtig mangelte. Und er wusste ebenfalls, dass er bei Mademoiselle Jacqueline in jeder Beziehung in den besten Händen sein würde.

16

Monatelang hatte sich Monsieur Eme mit dem scheinbar unlösbaren Problem herumgeschlagen, von einem Zeitraum *x* ausgehend – der ein paar Stunden bis hin zu zwanzig langen Jahren sein konnte – zu berechnen, wie viel *Musk* er pro Tag verbrauchen durfte. Bis zu jenem denkwürdigen Morgen, da er sich, vom Fenster seines Schlafzimmers aus den Friedhof überblickend, bewusst geworden war, dass wenn er mit derart gewagten Gleichungen seinen Vorrat an *Musk* schon rein rechnerisch nicht mehr in den Griff bekam, er immer noch – und durch eigenes Zutun – diese unbestimmte Zeitspanne, die ihm zu leben blieb, begrenzen und es so einrichten konnte, dass sie mit seinem verbleibenden Vorrat an *Musk* übereinstimmte. Sofort verwarf er jegliche Gedanken an Unterversorgung und jegliche Befürchtungen, sich einschränken zu müssen.

Kaum hatte er diese Feststellung getroffen, bestand für ihn zum ersten Mal seit Erhalt des Schreibens von Monsieur Bertoux, Abteilung Kundenbetreuung, Klarheit darüber, dass er sein Schicksal wieder in der Hand hatte. Er brauchte sich nur noch einen Plan zurechtzulegen. Seine Besuche bei Evrard Sohn, bei Monsieur John Ecclestone und beim Bestattungsunternehmen Zink, die Entscheidung, sein Appartement an Monsieur Becker zu veräußern, und seine Bekanntschaft mit Mademoiselle Jacqueline flossen darin ein, ebenso wie die darauf folgende Unterredung bei seinem Anwalt, um alles behördenkonform zu regeln.

Unter Berücksichtigung der Menge *Musk*, die er für Mademoiselle Jacqueline beiseite zu stellen hatte, und unter Berücksichtigung der gleichen Menge, die er zurückbehalten musste *für den Fall, dass* – man weiß ja nie, ob irgendetwas schief geht, wie das Pech mit dem Päckchen aus Argentinien gezeigt hatte –, sagte sich Monsieur Eme, dass ihm noch etwa zwei Jahre zu leben blieben. Und paradoxerweise bedrückte ihn diese Erkenntnis keineswegs, sondern verlieh ihm Flügel. Denn wer »ich habe noch zwei Jahre zu leben« sagt, sagt auch: »Ich werde noch zwei Jahre leben.« Und von dort bis hin zu der Gewissheit, *unbedingt* noch diese beiden Jahre zu leben, war es nur ein Schritt, den Monsieur Eme im Nu vollzogen hatte. Und diese Gewissheit stärkte sein Selbstbewusstsein. Er, der sich dem Verfall preisgegeben gewähnt und befürchtet hatte, langsam, aber sicher auf sein Ende zuzusteuern, wusste jetzt, dass der Tod für ihn der jähe und eindrucksvolle Abgang, den er sich immer gewünscht hatte, mehr noch, ein Abgang sein würde, dessen Zeitpunkt er selbst bestimmen konnte. Der plötzliche Tod, den er häufig als einen nicht vom Willen beeinflussten Unfall angesehen hatte, wurde zu einer Willensentscheidung, die Zeugnis von seiner freien Entscheidung als vollwertiges, körperlich und geistig gesundes, mitten im Leben stehendes menschliches Wesen ablegte. Den Zeitpunkt seines Todes auf kurz vor Beginn des dritten Jahrtausends festzulegen deckte sich darüber hinaus mit seinem Wunsch, zusammen mit seinem Jahrhundert abzutreten; zusammen mit Freunden und nahe stehenden Menschen abzutreten schied aus, weil er die nie gehabt hatte. Sich vorzunehmen, in zwei Jahren zu sterben, nicht etwa in einem oder in drei oder fünf, war außerdem ein Zeichen dafür, dass Zeit ab sofort immateriell war. Diese beiden kommenden Jahre würden für Monsieur Eme außerhalb der Zeitrechnung liegen. Und auch er würde zeitlos sein. Er würde nicht länger altern, die Haare würden ihm nicht mehr ausfallen oder noch weißer werden, sein Rücken nicht noch krummer, seine olfaktorische Form, neu erstarkt durch die wie ehemals tägliche Dosis von vier Millilitern *Musk*, würde endgültig die Oberhand über seine visuelle Form gewinnen, er würde weniger feste denn flüchtige Materie sein. Denn was ist letztendlich ein Parfüm anderes als *fumus*, also Rauch, also flüchtige Materie?

Ab sofort hielt Mademoiselle Jacqueline Einzug in die Welt von Monsieur Eme. Nicht Einzug *post mortem* in ihrer Eigenschaft als Einbalsamiererin, sondern Einzug als Physiotherapeutin des durchaus lebendigen Monsieur Eme. Denn Monsieur Eme lag daran, dass Mademoiselle Jacqueline, die nach seinem Ableben seinen Körper bearbeiten sollte, ihn bereits jetzt eingehend kennen lernte, um ihm dann zum gegebenen Zeitpunkt voll und ganz gerecht zu werden. Zweimal die Woche, jeweils montags und donnerstags vormittags, ließ sich Monsieur Eme fortan von Mademoiselle Jacqueline massieren, bei sich zu Hause, genauer gesagt in seinem Ankleidezimmer, in dem er einen professionellen, verstellbaren Massagetisch hatte installieren lassen, ein Zugeständnis an die Welt der Lebenden, ausgerichtet auf die Welt der Einbalsamierer. Unbewusst wollte Monsieur Eme möglicherweise dadurch, dass er sich von nun an Mademoiselle Jacqueline auslieferte, den Unterschied zwischen seinem lebendigen und seinem toten Körper ausradieren. Es war, als ob von dem Augenblick an, da er das Ende seiner Tage beschlossen hatte, der Zeitraum zwischen Entschluss und der Ausführung als solcher ebenso zum Leben gehörte wie der Tod. Als ob er selbst schon gar nicht mehr lebte und folglich niemals wirklich tot sein würde.

17

Vom Entschluss, seinem Leben ein Ende zu bereiten – ein letztlich theoretischer Entschluss –, bis zur Durchführung dieses Vorhabens ist es dennoch ein großer Schritt, der nicht so leicht zu bewerkstelligen ist. Bei weitem nicht. Monsieur Emes wiedererlangte Kohärenz und Unbeschwertheit rührten von der getroffenen Entscheidung her, nicht von der Durchführung der Tat selbst. Und Monsieur Eme, dessen Lebensgeister wieder erwacht waren, hätte, als die Tage vergingen und der schicksalhafte Zeitpunkt, den er für sich bestimmt hatte, näher rückte, sehr wohl die Durchführung seines Vorhabens aufschieben können – um ein paar Monate, dann um ein Jahr, dann um zwei und immer so weiter. Aber er tat es nicht.

Nachdem nun einmal für ihn feststand, dass er sein Leben innerhalb eines bestimmten Zeitraums beenden würde, und da er begonnen hatte, seine Angst vor dem Tod durch allerlei Vorkehrungen abzubauen – der Verkauf seines Appartements an Monsieur Becker gehörte dazu, dann das Modellsitzen bei Monsieur Ecclestone, das mit der Firma Zink abgesprochene Arrangement der Beisetzung, das mit Hilfe seines Anwalts abgefasste Testament –, legte Monsieur Eme, der ebenso ein Mann von Entschluss war wie auch ein Mann der Tat, nun den Zeitraum zwischen dem Fällen der Entscheidung und der Ausführung der Tat mittels einer Reihe kleinerer Entscheidungen fest, die die virtuelle Tat vorzeitig Wirklichkeit werden ließen und dazu beitrugen, dass sie mit seinem ursprünglichen Entschluss verschmolz.

Seine erste Entscheidung betraf die Art und Weise, in der er gedachte, sein Leben zu beenden. Er konnte sich gut vorstellen, dies mit Hilfe einer Feuerwaffe zu tun, eine wahrhaft männliche Tat. Nur dass sich dabei das Problem stellte, keine Waffe zu besitzen. Feuerwaffen gab es bei den Emes nicht mehr, seit sich sein Vater erschossen hatte, und ehrlich gesagt hatte Armand Eme keine Ahnung, wie er an einen Revolver oder eine Pistole herankommen sollte. Gewiss, er hätte sich eine Schrotflinte zulegen können. Aber abgesehen von den Schikanen der Behörden, die mit einem solchen Erwerb einhergingen, wusste er nur zu gut, dass die Schrotkugeln bei ihm derartige Verwüstungen anrichten würden, dass selbst Mademoiselle Jacqueline überfordert wäre.

Daraufhin erwog er, sich aus dem Fenster zu stürzen, und in einem Anflug deplatzierter Rührseligkeit – zweifellos in Erinnerung an all die Jahre, da er die sowjetischen Eisenbahnstrecken ausgekundschaftet hatte – spielte er sogar mit dem Gedanken, sich vor einen Zug zu werfen (der Gedanke, von der Tradition abzuweichen und sich statt vor einen Fernzug unter einen lächerlichen Waggon der Metro zu werfen, kam ihm erst gar nicht). Aber sowohl der Sprung aus dem Fenster wie der Tod auf den Schienen würden zu Entstellungen führen, und dies wiederum würde unvorstellbare Schwierigkeiten für Mademoiselle Jacqueline nach sich ziehen.

Auch Tod durch Ertränken zog er in Betracht. Wenn man dann aber seine Leiche nicht rechtzeitig barg, stand zu bezweifeln, ob Mademoiselle Jacqueline in der Lage sein würde, einem Toten, der zu lange in der Seine gelegen hatte, sein normales Aussehen wiederzugeben.

Je länger er nachdachte, desto mehr gelangte er zu der Überzeugung, dass sich eigentlich ein Tod durch Vergiften direkt anbiete, zumal er zu keinen äußeren Veränderungen führte. Dennoch und ungeachtet dieses nicht von der Hand zu weisenden Vorteils rückte Monsieur Eme davon ab. Nicht weil ihm diese Todesart als typisch für eine Frau dünkte, sondern weil ihm daran lag, seine innere Kohärenz ebenso zu bewahren wie seine äußere. Gewiss, die Tabletten würden sein Äußeres nicht beeinträchtigen, dafür würden sie sein chemisches Gleichgewicht aushebeln. Monsieur Eme wusste nicht genau, wie sich ein solches chemisches Ungleichgewicht auf seinen Körpergeruch auswirken würde, aber nach dem, was er über männliche Kakerlaken gelesen hatte, war er nicht bereit, ein Risiko einzugehen. Da es jedoch eine Entscheidung zu treffen galt, entschloss er sich zu guter Letzt, sich zu erhängen.

Zugegeben, ein Erhängter bot keinen besonders schönen Anblick, aber in diesem Punkt verließ sich Monsieur Eme ganz auf die Fähigkeiten von Mademoiselle Jacqueline. Tod durch Erhängen also. Nur wo? In seiner Wohnung natürlich. In seinem Ankleidezimmer natürlich. Dort, wo sich sein Vater erschossen hatte. Dort, wo er alle Attribute sowohl seiner visuellen wie olfaktorischen Form sorgsam aufbewahrte. Wo er sich von Mademoiselle Jacqueline massieren ließ. Und womit erhängen? Jedenfalls nicht mit einem Strick. Viel zu gewöhnlich. Angesichts der Bedeutung, die er zeitlebens seiner Kleidung beigemessen hatte, war er versucht, die Hosenträger in Erwägung zu ziehen. Aber das hatten andere auch schon getan. Er hatte es irgendwo gelesen. Dann eben mit dem Gürtel seines Morgenrocks. Aber ein klaffender Morgenrock würde unordentlich aussehen, und außerdem befürchtete Monsieur Eme, dass der Gürtel seines Morgenrocks dem Ruck nicht standhielt – dem Hals nicht standhielt. Also entschied er sich für die Krawatte.

Als nächstes beschäftigte sich Monsieur Eme mit der Frage, an welchem Tag der Selbstmord stattfinden sollte. Da Mademoiselle Jacqueline montags und donnerstags zu ihm kam, sagte er sich, dass wann immer es so weit war, sich das Leben zu nehmen, dies an einem Montag- oder Donnerstagvormittag geschehen müsse. An keinem anderen Tag. Weil er nichts dem Zufall überlassen wollte. Das Gespräch mit Mademoiselle Jacqueline über den *rigor mortis* hatte ihn nachhaltig beeindruckt, und somit stand für ihn fest, dass Mademoiselle Jacqueline, um beste Erfolge bei der Ausübung ihrer Tätigkeit als Einbalsamiererin zu erzielen – angefangen mit einer Massage seiner im Tod verkrampften Muskeln –, noch innerhalb der ersten Stunde nach Eintritt seines Todes bei ihm sein musste. Also an einem Montag oder Donnerstag, wenn sie sowieso kam. Monsieur Eme neigte zu einem Montag. Der Donnerstag war zu dicht am Wochenende, und er wollte, dass all jene, die sich dann mit ihm beschäftigen mussten – angefangen bei Mademoiselle Jacqueline über die Firma Zink bis hin zu Monsieur Ecclestone –, die ganze Woche vor sich hatten, um alles so gut wie möglich abzuwickeln.

Und die Stunde seines Todes, so beschloss er, sollte zwischen elf Uhr vormittags – um diese Zeit verließ Madame Cécile samt Mülleimer die Wohnung – und zwölf Uhr sein, wenn Mademoiselle Jacqueline erschien.

An welchem Montag zwischen elf und zwölf Uhr vormittags und in welcher Woche und welchem Monat, diese Entscheidung würde natürlich von seinem Vorrat an *Musk* abhängen.

18

Es wäre gewiss falsch zu behaupten, dass Monsieur Eme für den Rest der ihm verbleibenden Lebenszeit ein glücklicher Mann gewesen wäre. Aber doch zumindest ein ausgeglichener. Mit Ausnahme der täglichen Ehrenbezeugung hinüber zum Friedhof nahm er seine alten Gewohnheiten wieder auf. Die allmorgendlichen schwedischen Leibesübungen, die penible Toilette, das ausgefeilte Ritual des Ankleidens, das tägliche Besprühen mit *Musk*, die Sorgfalt, die er auf seine Erscheinung verwendete, der Schirm, der Hut und das ewige Trachten des früheren *Beau*, eine Frau zu verführen, nichts fehlte. Selbst Eve nahm wieder ihren Platz im Leben von Monsieur Eme ein, der bei ihr zu seinem einstigen Feuer wiederfand.

Als etwa zwanzig Monate später Monsieur Eme, in Anbetracht seines schwindenden Vorrats an *Musk*, erneut von dem Schrecken der rapiden Verknappung übermannt wurde, wusste er, dass das Ende nahte und dass dies, wenn er nicht sein inneres Gleichgewicht und seinen Seelenfrieden verlieren wollte, an einem Montag des laufenden Monats zu geschehen hatte, spätestens aber an einem Montag des folgenden Monats. Ab diesem Zeitpunkt würde Monsieur Eme wieder mit den Millilitern geizen müssen. Was er unbedingt vermeiden wollte.

Natürlich hätte Monsieur Eme die Durchführung seines Vorhabens so lange hinausschieben können, bis sein Vorrat an *Musk* gänzlich zur Neige gegangen war, oder aber indem er etwas von der Menge abzwackte, die er für Mademoiselle Jacqueline beiseite gestellt hatte, und ebenso gut hätte er sich in seinem täglichen Verbrauch einschränken können. Aber derart kleinkarierte Überlegungen würden ihm nur wieder das Gefühl vermitteln, darben zu müssen, ein Gefühl, das er allein durch seinen Entschluss beiseite gefegt hatte, zu gegebener Zeit abzutreten. Also fegte er auch diesmal alle Befürchtungen hinweg.

Nachdem er also beschlossen hatte, innerhalb der nächsten sechs Wochen zur Tat zu schreiten, verfolgte er einen neuen Plan, der ihn seinem Vorhaben noch näher brachte. Er suchte seinen Anwalt am Cours Albert-Ier auf und änderte sein Testament insoweit ab, dass er seinen sämtlichen Hausrat – nicht nur die Möbel, sondern auch die Kleidung – François Becker vermachte, dem Mann, der ihm seine Leibrente zahlte und der die gleiche Statur wie er zu haben schien; des Weiteren sollten vierhunderttausend Franc an Madame Cécile, seine Haushälterin, gehen und der Rest seines Vermögens – drei Millionen in Schatzanleihen und Pfandbriefen – an Mademoiselle Jacqueline. Eve hinterließ Monsieur Eme nichts. Zum einen weil sie genug eigenes Vermögen besaß, zum anderen weil ihr Verhältnis über all die Jahre hinweg geheim geblieben war und Monsieur Eme davon ausging – zweifellos zu Recht –, dass ein Legat zu ihren Gunsten für sie nur eheliches Ungemach nach sich ziehen würde.

Welcher der drei oder vier kommenden Montage es sein sollte, überließ Monsieur Eme dem Himmel. Er war des Entscheidens überdrüssig.

19

Der Sonntag wartete mit schönem Wetter auf, weshalb Monsieur Eme einen Spaziergang nach Bagatelle unternahm, im Pré Catelan zu Mittag aß und am Nachmittag den Tee im Chalet du Lac einnahm, am anderen Ende der Stadt. Gegen Abend zogen Wolken auf, und der Wetterbericht kündigte den Ausläufer eines Tiefdruckgebiets über Zentralfrankreich an, mit starken Regenfällen in den nächsten Tagen im gesamten Raum Paris. Monsieur Eme sah dies als Zeichen des Himmels an, auf das er wartete. Nach einem strahlenden Frühlingstag, an dem er hocherhobenen Hauptes und mit lockerer Hand seinen Schirm schwingend spazieren gegangen war, gedachte er jedenfalls nicht, am Montag auszugehen, nur um dann zwischen Pfützen herumzutapsen und mit krampfhaft eingezogenem Hals vor dem Regen in Deckung zu gehen. Nein, dieser Tag eignete sich nicht dazu, das Haus zu verlassen. Und wenn es denn sein musste, sagte er sich, warum nicht am kommenden Montag?

In dieser Nacht fiel Monsieur Eme erst spät in einen unruhigen Schlaf. Unbewusst lauerte er auf den Regen. Am nächsten Morgen wachte er zu vorgerückter Stunde auf, so als hätte er den Termin hinausschieben wollen. Gegen seine Gewohnheit blieb er noch im Bett liegen, unbeweglich, lauschte, spürte dem Geräusch niedergehenden Regens nach. Es war bereits nach zehn Uhr, als er sich endlich aus den Laken bequemte und mit fiebriger Hand und von Angst und Hoffnung erfülltem Herzen zögernd die Fensterläden öffnete. Der Himmel entsprach genau der Wettervorhersage. War, wenn man so wollte, bedrohlich. Es regnete zwar im Augenblick nicht, hatte aber geregnet und würde bald erneut regnen.

Mit Blick auf die dunklen Wolken absolvierte er seine täglichen Leibesübungen, und seine Gedanken beschäftigten sich in diesem Augenblick weniger mit dem Tod als mit der schmachvollen Aufgabe, die seiner harrte. Aber Monsieur Eme, unerbittlich, wie er war, wusste, dass er es hinter sich bringen musste. Nach Beendigung seiner Gymnastik begab er sich also ins Bad, aus dem er kurz darauf mit einer Schüssel Wasser sowie einer Klistierspritze zurückkehrte, die er vorsichtshalber in einer großen Apotheke am rechten Seine-Ufer gekauft hatte, weil er, schamhaft, wie er nun mal war, befürchtete, sich eine Blöße zu geben, wenn er sich in dieser Angelegenheit an den Apotheker in seinem Quartier wandte. Mit gemischten Gefühlen zog er die Klistierspritze aus ihrer Verpackung, schloss die Vorhänge. Dann streifte er die Hose seines Schlafanzugs ab, legte sich auf die rechte Seite und begann, sich durch regelmäßigen Druck auf den kleinen Ballon nach und nach mehr als einen Liter warmes Wasser in den After zu pumpen, nicht ohne sich, wie in der Zeitschrift *Gesundheit* für diese Prozedur empfohlen, gleichzeitig Magen und Bauch mit kreisenden Bewegungen im Uhrzeigersinn zu massieren. Er schämte sich. Da er aber wusste, dass Erhängen und ein voller Darm nicht zusammenpassten, setzte er alles daran, als Toter so sauber wie möglich zu sein.

Sobald er dieser unangenehmen Pflicht nachgekommen war, ging er sich rasieren und duschen, derweil das Wasser in seinen Gedärmen am Werk war. Nachdem er sich wie üblich Kopf und Gliedmaßen gut abfrottiert hatte, bückte er sich in leichter Linksneigung und bearbeitete seinen Unterleib, massierte ihn diesmal und wie ebenfalls in der Zeitschrift *Gesundheit* empfohlen, in umgekehrter Richtung. Das Ergebnis ließ nicht auf sich warten, was Monsieur Eme körperlich und seelisch ungemein erleichterte.

Nach der sich anschließenden gründlichen Reinigung auf seinem Bidet – wenn Monsieur Eme stets ungemein penibel bei seiner Toilette vorgegangen war, so war er es an diesem Morgen noch mehr – und nachdem er die nicht länger benötigte Klistierspritze in ihre Schachtel und die Schachtel dann in den Abfallkorb versenkt hatte, begab er sich im Morgenrock in sein Ankleidezimmer.

Dort schwankte er lange Zeit zwischen einem dunkelblauen Zweireiher mit hellen Längsstreifen und einem Dreiteiler aus anthrazitgrauem Flanell, der eigentlich für die Jahreszeit zu warm war. Dennoch entschied er sich für den Flanell; der Dreiteiler machte mehr her und spielte zudem auf den Gisant an, der bei Monsieur Ecclestone wartete. Dazu wählte er ein weißes Hemd und ebensolche Unterhosen, eine Clubkrawatte mit zarten dunkelblauen und roten Streifen, farblich dazu passende Socken und schließlich die Schnürschuhe in dem von ihm bevorzugten Schwarz.

In dieser Aufmachung, die durch einige Spritzer *Musk* vervollständigt wurde, wechselte Monsieur Eme hinüber in den Salon, wo er den Kaffee ablehnte, den Madame Cécile sich erbot, ihm zuzubereiten – obwohl es ihn sehr danach gelüstete, wollte er sich um nichts auf der Welt abermals dem entwürdigenden Ritual der Klistierspritze aussetzen –, und überließ es seiner Haushälterin, aufzuräumen und ihn von diesem unschicklichen Objekt zu befreien.

Er rauchte auf nüchternen Magen eine Zigarette, setzte sich dann an seinen Schreibtisch und griff zum Füllfederhalter. Was er schrieb, war nicht etwa ein Testament, auch nicht ein Brief, in dem er die Gründe für seine Tat offenbarte. Nein, es handelte sich um genaue Anweisungen, Anweisungen, wie sie ein umsichtiger Mann seiner Hausangestellten zu hinterlassen pflegt. Er wies darauf hin, dass die Kleidung, in der er begraben zu werden wünschte, auf dem Diwan in seinem Ankleidezimmer liege, dass auf der Kommode in besagtem Ankleidezimmer vier noch nicht angebrochene Flakons *Musk* stünden sowie eine fünfte, die dies bereits sei, und dass Mademoiselle Jacqueline dieses Parfüm für seine Einbalsamierung verwenden solle; dass, sollte einer dieser Flakons zerbrechen, auf dem großen schwarzen Koffer im Keller, in gelbe Flauschtücher zum Polieren der Schuhe eingeschlagen, drei weitere Flakons des gleichen Parfüms zu finden seien; dass sein Bronze-Gisant an der Place du Commerce lagere, im Atelier von Monsieur John Ecclestone, der darüber hinaus in Kontakt mit dem Marmorsteinmetz stehe, der damit betraut sei, die Plastik auf den Steinsockel zu setzen; schließlich dass bei Maître Revel, seinem Anwalt am Cours Albert-Ier, sowie bei der Firma Zink in der Rue Froidevaux alle weiteren Einzelheiten bezüglich seiner letzten testamentarischen Verfügungen und seiner Beisetzung hinterlegt seien. Schlusspunkt.

Monsieur Eme zündete sich eine zweite Zigarette an, und als er sie geraucht hatte, fertigte er eine Kopie seiner Niederschrift für die Firma Zink an und schob sie in einen frankierten Umschlag. Inzwischen war es fast elf Uhr geworden, und Madame Cécile schickte sich, nach Erledigung ihrer Aufräumarbeiten, an, den Mülleimer und damit auch die Klistierspritze hinunterzutragen. Monsieur Eme gab ihr den an die Firma Zink adressierten Brief mit und bat sie, ihn einzuwerfen, und nachdem er ihr noch einen schönen Tag gewünscht hatte, entließ er sie.

Als die Hintertür endgültig ins Schloss gefallen war, überkam Monsieur Eme dann doch Panik. Einen Moment lang spielte er sogar mit dem Gedanken, von seinem absurden Vorhaben Abstand zu nehmen. Aber der Brief an Zink war bereits unterwegs – und, nicht zu vergessen, die Klistierspritze entsorgt –, und da Monsieur Eme seinen Stolz hatte, wich seine Panik alsbald Beschämung. Also riss er sich zusammen und begab sich, seine Anweisungen in der Hand, abermals in sein Ankleidezimmer. Nachdem er die schriftlichen Anweisungen gut sichtbar auf die Kommode gelegt hatte, zog er sich ebenso sorgfältig aus, wie er sich eine halbe Stunde zuvor angekleidet hatte, schlüpfte in seinen blauseidenen Morgenrock und in die ebenfalls blauen Samtpantoffeln. Den abgelegten Anzug hängte er auf den Bügel, schob die Schuhspanner in die Schuhe, legte sein Oberhemd, die Unterhosen und Socken zusammen und reihte alles, auch die Krawatte, schön ordentlich nebeneinander auf den Diwan. Er öffnete einen Schrank, unterzog sämtliche Krawatten einer eingehenden Musterung und wählte schließlich zwei aus Seide gewirkte mit verstärkender Einlage aus, die er niemals trug, weil der Knoten im Verhältnis zu seinem Hals und den Schultern unweigerlich zu dick ausfiel. Ein Fehlkauf. Das kam schon mal vor. Aber für den Zweck, für den er sie nun zu verwenden gedachte, würden sie sich vorzüglich eignen. Außerdem, sagte sich Monsieur Eme, kein Freund von Vergeudung, waren das zwei Krawatten, die François Becker mit seiner Vorliebe für kleine, gedrungene Knoten eher nicht tragen würde. Diese beiden Krawatten also knüpfte er jetzt mit einem doppelten Knoten aneinander, zog energisch daran, um sicherzugehen, dass er hielt. Dann schätzte er nach Augenmaß die Länge beider Krawatten zusammen ab, verglich sie mit der Entfernung zwischen sich und der Zimmerdecke. Als Nächstes schob er den Massagetisch in die Mitte des Raums, genau unter den Haken, an dem früher einmal ein Kronleuchter gehangen hatte, der von der Kugel, die sich sein Vater verpasst hatte, in Mitleidenschaft gezogen worden war.

Sicherheitshalber zog er seine Pantoffeln aus, ehe er auf den Tisch kletterte. Das fehlte gerade noch, dass er jetzt stürzte und sich ein Bein brach! Nachdem er sein Gleichgewicht ausbalanciert hatte, schob er das Ende der einen Krawatte über den Haken, befestigte sie dort mit einem dicken Windsor-Knoten und zog ihre Länge zurecht, nicht anders, als er es beim Ritual des Ankleidens auch getan hätte. Das andere Ende der Krawatte knüpfte er zu einer Schlinge – er war nicht umsonst in der Armee gewesen –, steckte den

Kopf durch und ließ den Knoten sich mehrmals ein Stück zusammenzurren, um sicherzugehen, dass die Schlinge reibungslos funktionierte.

Mit dem Ergebnis zufrieden, zog er den Kopf wieder aus der Schlinge, die ihm den Hals einzwängte, ging in die Hocke, setzte sich auf den Tisch, alles sehr vorsichtig, und stellte die Füße auf den Teppich. Er zog seine Pantoffeln wieder an und ging in den Flur. Dort nahm er den Wohnungsschlüssel an sich und deponierte ihn, nachdem er die Korridortür geöffnet hatte, unter dem Fußabstreifer, machte die Tür wieder zu, vergewisserte sich, dass er nicht ganz in Gedanken den Riegel vorgeschoben hatte. Daraufhin rief er Mademoiselle Jacqueline auf ihrem Handy an – Mademoiselle Jacqueline, als Einbalsamiererin und Physiotherapeutin auf *free-lance*-Basis immer auf Achse, war ungeheuer mobil mit ihrem Automobil und ihrem Mobiltelefon, beides schwedische Fabrikate – und teilte ihr mit, dass er zum Zeitpunkt ihres Eintreffens möglicherweise gerade unter der Dusche stehe, weshalb er den Schlüssel unter den Fußabstreifer gelegt habe. Und da dies nicht zum ersten Mal vorkam – Monsieur Eme, der wahrlich nichts dem Zufall überließ, hatte für alles vorgesorgt –, war die Physiotherapeutin-Einbalsamiererin nicht weiter verwundert.

Inzwischen war es auf der Armbanduhr von Monsieur Eme elf Uhr neunzehn. Eingedenk dessen, was es mit dieser Uhr auf sich hatte, war es vielleicht aber auch elf Uhr achtzehn oder elf Uhr zwanzig. Egal. Er hatte Zeit.

Monsieur Eme begab sich in den Salon. Nachdem er das Fenster geöffnet hatte, nahm er in einem tiefen Napoleon-III.-Sessel Platz, von dem aus er den bedeckten Himmel, nicht aber den Friedhof sehen konnte, und rauchte, zerstreut den Geräuschen des Lebens lauschend, gemächlich seine dritte Zigarette an diesem Tag. Und als er damit fertig war, stand er auf, zurrte den Gürtel seines Morgenmantels fester, so als wollte er seinen Körper, der sich mit einem Mal schlaff anfühlte, besser stützen, und suchte sein Ankleidezimmer auf, um zu tun, was zu tun er beschlossen hatte. Denn Monsieur Eme war, wie sich sehr wohl gezeigt hat, ein entschlossener Mann.

20

Es war genau zwölf Uhr mittags, als Mademoiselle Jacqueline anstandshalber bei Monsieur Eme läutete und erst dann mit Hilfe des Schlüssels sein Appartement betrat. Zum Zeichen, dass sie da war, bewegte sie sich absichtlich ein wenig geräuschvoller, vernahm jedoch keine Reaktion des Hausherrn. Vom Flur aus lauschte sie, ob vielleicht im Bad das Wasser lief. Nichts dergleichen. Monsieur Eme schien nicht unter der Dusche zu stehen. Vermutlich ist der alte Herr wieder eingeschlafen, sagte sie sich und ging beherzt auf das Ankleidezimmer zu, um dort ihre Sachen abzulegen und ihn dann zu wecken. Das Schauspiel, das sich ihr gleich darauf vom Türrahmen aus bot, überraschte sie mehr, als es sie erschreckte. Es war nicht *ein* Monsieur Eme, den sie sah, sondern, von den zahlreichen Spiegeln um ein Unendliches multipliziert, viele Messieurs Eme, die da an der Zimmerdecke baumelten und sich in ihren glockenförmigen blauen Gewändern wie eine Truppe tanzender Derwische in Ekstase langsam um sich selbst drehten.

Sie brauchte nicht lange, um festzustellen, dass dieser Erhängte mausetot war. Seine rot angelaufenen

Augen quollen aus ihren Höhlen, seine Wangen waren blauer als sein Morgenrock, und seine aufgedunsene Zunge hing ihm aus dem Mund. Das Erste, was sie tat, war, den Massagetisch, den Monsieur Eme umgestoßen hatte, wieder aufzustellen. Dann schob sie den Perserteppich beiseite, den er trotz aller Vorkehrungen, inklusive der entwürdigenden Klistierspritze, zu deren Benutzung er sich überwunden hatte, ein wenig verunreinigt hatte. Als Nächstes holte sie aus dem Badezimmer eine Schere, kletterte behänder, als dies ihr Körpergewicht hätte vermuten lassen, auf den Tisch, schnitt die Krawatte ab, an deren Ende Monsieur Eme baumelte, den sie sich, die Hände abfangend um seine Taille gelegt, auf die Schulter gleiten ließ.

Sein Körper war noch geschmeidig, und entsprechend entzückt war Mademoiselle Jacqueline. Nachdem sie ihn auf den Tisch gelegt hatte, zog sie ihm den Morgenrock aus, löste die Krawatte, die ihm den Hals zuschnürte, und machte sich sofort an die Arbeit. Sie war hergekommen, um ihren Kunden zu massieren, und genau das gedachte sie zu tun, ob er nun lebendig war oder nicht.

Also ging sie daran, den Kopf, das Gesicht und den Hals des Toten kräftig zu kneten, und nach und nach fanden die Augäpfel des Erhängten, wiewohl sie noch immer rot waren, in ihre natürliche Lage zurück, wich das gestaute Blut aus den Wangen, und selbst die Zunge entspannte sich so weit, dass Mademoiselle Jacqueline sie in die Mundhöhle zurückschieben konnte. Weniger Erfolg war ihr beim Hals beschieden. Zwar trug das Massieren dazu bei, dass sich das Blut vom oberen Teil her wieder in der gesamten Leiche verteilte, aber dort, wo sich die Krawatte ins Fleisch gezwängt hatte, wies der Hals weiterhin tiefe bläuliche Würgemale auf. Mademoiselle Jacqueline tröstete sich damit, dass ein bis oben zugeknöpftes Hemd diesen Makel perfekt kaschieren würde.

Nachdem sie den Blutstau von Monsieur Eme behoben und seinem Gesicht wieder ein menschenwürdiges Aussehen verpasst hatte, ging Mademoiselle Jacqueline daran, die Gliedmaßen des Toten zu massieren und auf diese Weise die verkrampften Muskeln zu lockern, die, wenn man nicht rechtzeitig auf sie einwirkte, hart wie Zement wurden. Und während sie gewissenhaft massierte, sagte sie sich, was für ein netter Mann dieser Monsieur Eme doch war. Nicht eine Sekunde lang überlegte sie, was ihn bewogen haben mochte, auf diese Weise sein Leben zu beenden. Umso höher rechnete sie ihm an, derart auf Reinlichkeit bedacht gewesen zu sein – lediglich ein paar unbedeutende Flecken auf dem Seidenteppich, die nicht weiter ins Gewicht fielen – und alles perfekt und in einer Weise organisiert zu haben, die ihr bei ihrer Tätigkeit nur zugute kam. Ein ebenso vorausschauender wie umsichtiger Mann. Nicht nur, dass er sich erst kurz vor ihrer Ankunft am Ort des Geschehens umgebracht hatte, so kurz davor, dass der *rigor mortis* noch nicht eingetreten war, sondern weil er sich, nachdem er sich für einen Tod durch Erhängen entschieden hatte, vor Ausführung der Tat entleert und ihr dadurch die Arbeit erleichtert hatte. Dazu kam, dass er sich völlig nackt, nur mit seinem Morgenrock bekleidet, aufgeknüpft und sich ihr somit von vornherein bedingungslos ausgeliefert hatte. Die Leute ahnten ja nicht, wie mühsam es sein konnte, einen Leichnam zu entkleiden!

Ja, sagte sich Mademoiselle Jacqueline und knetete, direkt zärtlich jetzt, an dem bewegungslosen Körper herum, dieser Monsieur Eme war ein echter Gentleman. Und sie nahm sich vor, für ihn ihr Bestes zu geben.